세상 밖으로의 슬픈 여행

최윤정·심명숙 기획시집

서문당

차례

4월의 제단에

<서문을 대신해서>

새하얀 봄날
너희들은 모두 어여쁜 천사가 되어 돌아왔네
물결 사나운 검은 바다로 세월호가 솟아 버린지 1년
꿈의 나라 떠나는 4월의 제단 위에
노란 꽃잎으로 내렸네

하늘이 무너지고 바다가 뒤집히던 날
아! 어찌하랴
우리는 위험 앞에 무력해 너희들을 너무 쉽게 잃었네
사랑하는 아들아!
사랑하는 딸아!

우리의 애 타는 기원과 절규는 허공에 날아
하늘에 못 다 미치고
우리는 죄인이 되어 너희들을
세상 밖으로의 슬픈 여행
기어이 떠나보내고 말았구나

온 누리 사람들이
가슴 조이며 노란 리본을 달고
기다리고 기다렸건만 끝내 돌아오지 못하고

이제야 천사가 되어
두고 간 사랑 그리워 다시 찾아 왔나

남기고 떠난 짧은 추억들이
알알이 어느 포구로 슬프게 부서지고
하얀 파도의 울음이 몇 구비 넘더라도
다시 올 수 없다면 천사가 되게 해 달라는
간절한 기도의 화답으로 왔나

여기 지금도 귀 모으면 들려오는 소리 있어
억울하게 떠난 영혼들의
천상의 노래를!
세월의 노래를!
천사의 목소리로 들어 본다

하지만하지만
우리의
그 비통한 가슴앓이는 멈출 수가 없네
사랑하는 아들아!
사랑하는 딸아!

2015년 4월
발행인 최 석 로

제1부 희망이 침몰하던 아침

■ "살려 주세요" 애절한 소리 들리건만— (연합뉴스 제공)

희망이 침몰하던 아침

2014년 4월 16일 아침, 곤한 잠에서 놀라 깨어난 아침은 봄 햇살이 화사했다.

"살려주세요!"

온 국민의 아침은 아찔했다. 간밤의 아름다웠던 꿈을 되새김질 하듯 바다는 평형을 잃고 한 번의 뼈저린 진통을 하고 있는 듯했다. 왜 저럴까, 무서운 현실임은 분명했다. 인간의 실수를 용납하지 않겠다는 기개가 시퍼렇게 보인다. 그래도 바다에 매달려 애원할 수밖에 없는 일 같다.

갑자기 방송 매체들이 떠들썩하고 심상치 않은 움직임이었다. TV 화면에 보이는 그림은 실시간으로 달라지고 있었다. 검푸른 물 위에 큰 배가 중심을 잃어가고 있다. "어…" 저렇게 큰 배가 왜, 저러고 있는지 영문을 모르는 현실이었다.

인천에서 출발하여 제주도로 가는 여객선 '세월호'가 진도 부근 '맹골수도'에서 침몰 중이라는 것이다. 모두가 놀라지 않을 수 없는 일이다. 슬픈 역사가 일어나고 있었다. 그런 배의 선상에 보이는 사람은 몇몇 사람뿐이다. 배는 점점 힘이 빠져 기울어져 가고 있었다.

시간을 다투며 브리핑하는 방송은 갈수록 이해가 안 되는 소식을 전하고 있다.

세월호에 탑승객이 약 400명이 넘는다는 것이다.(총476명으로 파악) 더욱 놀라운 것은 고등학교 2년생이 약 300명이 넘게 탑승했다는 소식이다. 제주도로 단체 수학여행을 가던 배가 물살에 걸려 넘어졌다. 수학여행의 아름다운 꿈이 이유도 모르고 침몰하고 있다.

"아! 세상에 이런 일이…" 기막힐 노릇이다. 순간 내가 저지른 업보가 많아 죄인 같은 심정이다. 마음이 급한데… 사람들은 구조를 기다리고 있는 듯했다. 숨 막히는 공간에서 겁에 질린 아이들의 흐느낌이 환청으로 들려온다. 답답한 심장은 빠르게 고동친다.

"뭐해? 빨리들 나오지." 행여 나쁜 의심은 하지 말자, 동동거리며 바라만 보고 있어야 하는 답답함을 시간이 조금씩 지나면서 알게 되었다. 공포 속에서도 믿어야만 했던 사람들이 하는 말, '움직이지 마세요. 절대 이동하면 안 됩니다.' 선내방송은 많은 사람들의 꿈과 운명을 한순간에 앗아갔다.

아이들이 왜, 어둡고 차가운 물속에 있어야하나, 저들의 꿈은 파열로 바다에 흩어지는 것은 아닐까, 선택의 자유가 가혹한 현실 상황이다. 구조선은 오락가락 주의를 살피기만 하고 있다. 온 국민은 기도로 물속에 갇혀있는 사람들에게 힘과 응원을 보낸다. "제발 꿋꿋하게 버텨주길… 힘내세요." 사람의 힘이 모자라면 신이 살펴 줄 거야! 간절한 마음이다.

무서운 길 '맹골수도'는 깊이가 30m이상이 되고, 조류가 거칠고 아주 쎄다고(최대6노트) 한다. 세월호는 어째서 이런 길을 가다 쓰러졌는지, 묻지도 따질 여유조차 없는 초조한 시간이다. 햇살이 화사하고 잔잔한 바다는 우리의 도덕과 윤리를 쓰러트리고, 대한민국을 삼키고 있었다.

우리의 아픈 역사는 전파를 타고 세계로 퍼져나갔다. 부끄러움을 떠나, 가족들의 찢어지는 심정을 어떻게 이해할 것인가. "살아서 돌아와, 보고 싶다!" 기도소리가 제발 하늘에 닿기를 가슴 치지만, 팽목항의 하루해는 속수무책으로 한숨에 묻혀 회색빛으로 물들기 시작한다. 어두움마저 깔리는 망망한 바다, 시간이 흐를수록 희망의 기도는 높이, 높이 올라가고 있다.

심 명 숙

■ 2014년 4월 16일 오전 8시 48분(추정). 인천항을 출발하여 제주도로 향하던 승객 476명을 태운 여객선 '세월호'가 전라남도 진도군 조도면 병풍도, 인근 해상 맹골수도를 지나다 침몰한다.
세월호 크기 : 길이 146m, 폭 22m, 높이 33m, 무게 6835t

선상의 마지막 수업

즐거운 날, 밝은 미래를 위해 꿈을 찾아 여행을 떠납니다. "네!" 300여 명의 목소리에 놀란 바다는 움찔 기가 죽었습니다. 스승과 제자로 맺어진 인연은 사회를 밝게 만들기 위한 하늘의 뜻입니다. 선생님들의 마음 담긴 목소리는 한결같습니다.

만물이 새롭게 피는 봄처럼, 여러분은 자연의 순리로 피는 봄꽃처럼 피어야 합니다.

아침바다의 순풍이 포근했다. 희망을 찾아 미끄러지듯 선행하고 있는 강의실은 선생님들의 활기찬 목소리가 수평선 아스라이 퍼졌다.

그런데 갑자기 갈매기 우는 소리 스산했다. 태양의 붉은 휘장은 점점 내려지고, 강의실은 뿌연 안개가 드리워지고 있었다. 방향을 잃은 뱃머리는 낯선 세계로 돌아가고 왜곡된 길은 울퉁불퉁 정신없이 흔들렸다. 구토중에도 선생님들의 강의는 계속되었다. '우리가 찾는 꿈은 말에요, 어렵다고 좌절하고, 힘없다고 쓰러지면 절대 못 찾아요. 서로 꼭 잡아주어야 해요. 절대 약해지면 안돼요!'

선생님의 목소리는 떨렸다. "우리는 이겨낼 수 있어요." 모두 사랑의 배려로 따뜻하게 손을 꼭 잡은 학생들은 저마다 사랑의 힘을 발휘하고 있었다.

이런 것이 '마른 하늘에 날벼락'이란 것인가, 꿈과 희망의 강의실은 엉뚱한 길로 들어서 소용돌이치며 심하게 흔들이

■통한의 세월호, 갑판 위 사람들은 다 어디로? (연합뉴스 제공)

고 있었다.

'서로 사랑한다고 말하세요, 진실한 사랑의 힘으로 고난을 극복해야 합니다.'

"친구야 사랑해, 고마워"

"선생님 사랑합니다, 존경합니다!"

기로의 운명을 자각한 선생님들께서는 공포의 피눈물이 범벅되는 살신성인(殺身成仁)으로 사랑의 강의를 하고 계셨다. 자신보다 부모형제의 고마움과 미안함을 제자교육으로 승화시키고, 내 분신인 처자식의 사랑과 미안함을 제자들에게 따뜻하게 안겼다. 아무나 할 수 없는 선생님들의 마지막 강의는 해맑은 노랑나비로 날고 날며 흘리는 눈물은 세상에 꿈으로 심어졌다.

■ 안간힘을 쓴 선생님들의 비보를 듣고…

심 명 숙

달리는 사람들

놀란 보도진들이 가쁜 숨을 몰아쉬며 남쪽 어느 작은 항
구로 달려간다
모두가 내 아들 내 딸 같아 억장이 무너지고 한숨이 땅
에 뚝뚝 떨어진다
어떡하나! 무거운 다리 끌며, 자나깨나 달리고 있다

친구들의 안위가 궁금해 책상에서 일어나 달려간다
희망을 기도하는 눈동자에 뜨거운 눈물 그렁그렁하다
친구 얼굴 보이지 않아, 발 동동거리며 손짓한다

내 가족 역경처럼 두 팔 걷어 올린 아줌마들이 달린다
힘껏 이겨내라 응원하는 입술 부르터도
밑반찬 함지박 이고 땀을 훔쳐내며 바쁘게 달린다

무엇이든 보탬이 되려는 이웃 봉사정이 정신없이 달려간
다
흐르는 비지땀 두건에 핀 소금 꽃 녹을 시간 없이
힘과 마음 보태려 피부 속 인내까지 달리고 또, 달린다

안타까움이 하나가 된 국민들 마음이 달린다
정성이 담긴 물품 이것저것 가득 싫은 트럭들이
당찬 소나기에도 환히 불 밝힌 경적을 울리며 달린다

달리는 힘을 위로하고 응원하는 기도가 달린다

평안의 기도는 구름 한 점에도 빛이 드는 날까지
밤낮으로 쉼 없이 달려가 기적을 기원한다

어려움을 함께하고 땀 흘려 실천하는 아름다운 사람들
이웃들이 날마다 헐떡이며 팽목항으로 달려가고 있다
대한민국의 힘이 날마다 달리고 있다

심 명 숙

■ 알권리를 위해 순간을 잡으려는 사람들

선상의 어느 아저씨

배 위에선 사소한 일까지도 아저씨들의 몫입니다. 배위에서는 아저씨들이 대장입니다.

처음 마도로스를 꿈꾸셨을 때, 실행하고 싶었던 그 원대한 포부를 기억 하시는지요?

우리는 어른을 본을 삼아 덕을 쌓고 인격을 키웁니다. 그날도 아저씨들은 멋진 롤 모델로 우리 눈앞에 계셨습니다.

어느 친구가 진지하게 말을 했지요.

"나도 이다음에 선장이나 갑판장이 되어 볼까나?"

구릿빛 얼굴에서 누구보다도 강하고 철저한 사명의식이 내비쳤기 때문입니다. 그런데 그 급박한 환란의 시간에도 아저씨들은 보이질 않네요. 아무리 기다려도 오지 않으시네요. 삶과 죽음의 갈림길에서 동화속의 반전처럼 튼튼한 동아줄이라도 내려 왔다면 얼마나 좋았을까요?

극(劇)적인 드라마처럼 그렇게 되었다면 끝내 주었을 텐데요.

제일 먼저 우리에게 생명줄을 내려줄 사람은 하늘이 아닌 아저씨들이였으니까요.

아… 정말 무서웠어요. 지치고 피곤했습니다. 몽롱한 기억 속에서도 아저씨들이 나타나길 애타게 기다렸어요. 어디서나, 어느 때나. 무슨 일이 생기면 나타나는 슈퍼맨처럼.

"짠"하고 아저씨들이 나타나길 얼마나 소원했는지요.

그들도 한 때는 바다의 청정한 바람 이었네
튼튼한 팔뚝과 뜨거운 가슴
등대처럼 희망의 빛을 품은 기둥이었네

그들도 한 때는 바다가 기다린 간절한 젊음이었지
단단한 두 다리와 영민한 머리
연어처럼 파도를 뚫고 돌아오는 귀환자였어

그러나 예지의 빛나던 눈마저 지각이 어두워져
신성한 의무를 저버리고 인망을 잃어 버렸지
산 넘어 물 건너 어린 꿈을 떠나보내고
바다는 뒤늦은 후회와 탄식으로 흐르건만
악마의 유혹은 칼처럼 벌써 피를 흘렸으니
용서도 화해도 이미 때가 늦어버렸네

아이들은 우리 모두의 아들이고 딸이었지
우리들의 꿈이었고 미래의 가치였지
사라진 아이들의 가슴속에 간직했던
높은 이상과 꿈은 어디에서 눈물겨워 할지요

최 윤 정

하늘나라의 아저씨

예기치 못한 비극의 날, 아저씨는 세월 3층에서 승객을 탈출 시킨 후, 있는 힘을 다 해 다시 식당 쪽을 향해 뛰셨습니다. 남은 학생들을 탈출시키기 위해서 였습니다. 어쩌면 바보 같고 어리석기도 한… 하나밖에 없는 목숨을…. 저는 늘 아저씨의 마지막 행적이 존경스러우면서도 어떻게 그럴 수 있었는지 의문을 갖습니다.

천국에서의 어느 날, 아! 그 전에 알려드릴게 있는데요. 무한히 평화로운 이곳에도 세상처럼 저녁이면 노을이지고 산들바람이 불지요. 저는 풀밭 위에 앉아 풍경 넘어 우리가 살았던 세상을 그리워하고 있었습니다. 그 어느 것도 아직 속 시원하게 풀리지 않아 답답하기만 한, 그곳이 뭐가 좋아 수 없이 다시 가고 싶은지요?

아,… 다른 이야기를 했군요! 이해해 주셔요, 가끔 이렇게 정신적인 균형을 잃고 헤맬 때가 있어요. 천국의 의사선생님께서 말씀하시길 워낙 쇼크가 컸으니 정상이 되려면 조금 시일이 걸린다고 하시네요. 내가 아저씨를 만난 것은 노을 지는 그 저녁이었어요. 마침 산책을 나오셨다고 했습니다. 아저씨와 저는 사는 지역이 달라 천국에서도 이렇게 만난 것은 처음입니다.

"아저씨! 그런 상황에서 어떻게 자신을 버리고… 시간이 없었잖아요. 구명정을 타고 나가셨으면 목숨을 구하셨을 텐데… 어찌 그런 결정을…?"

당황하신 아저씨는 잠시 말이 없으셨습니다. 그의 조각 같은 이마에 잠시 회색구름이 지나간 듯 어두워졌지요. 그러나 곧 환하게 웃으시며 말했습니다.
"나를 순교자 취급하려고 하지 마라. 더구나 영웅은 더욱
아니다. 나는 세월이라는 배의 승무원일 뿐이야. 승무원의
의무는 비상시 승객의 구조를 우선해야해! 나는 그 의무를
충실히 지킨 것뿐이다!"

천국에도 행성과 행성을 유영하는 배가 있지요
아저씨는 그 배의 선장이 되었어요
지상에서의 숭고한 행적이
관대한 가슴이, 감동의 내력이
다른 경쟁상대를 가볍게 눌렀죠
정의롭고 다정한 천국의 캡틴

마지막 들었던 끔직한 절규가 그의 좌우명 입니다

천국에서도 행성 사이를 유영하는 배가 있지요
그는 지상에서 부터도 고독한 선원이 아니었어요
어둡고 아득한 심연의 바다에서
뜨거운 눈물을 용기로 씻어주며
운명의 먼 길을 손에 손잡고
기꺼이 날아 온 세월호의 영웅

이 배는 가볍고 투명한 영혼들의 유람선입니다

최 윤 정

아이를 부탁해

남편의 전화벨 소리 마침표는 숭고했습니다
"배가 많이 기울었어"
몸이 기울수록 보고픈 얼굴들 가슴에 새기며
신이시여 제발 꿈이길…
사랑하는 사람의 애타는 걱정을 뒤로하고
공포에 떨 시간도 아까웠습니다
위태로운 빛이 흐리게 몰아치는 공포에
가슴은 시퍼렇게 멍들었지요?
간절한 염원이 슬픈 천상의 노래가 될지 모르는 순간이
어찌 무섭지 않았겠습니까?

아빠는 차게 얼은 목소리로 피를 토했습니다
"통장에 돈 있으니 아이들 등록금으로 써"
바위에 부딪치는 파도 소리처럼 남편의 목소리는
차갑게 잘리는 칼바람 같았습니다
간절함이 초조한 남편의 믿음, 아빠의 사랑을
어느 누가 모른다고 할 수 있겠습니까?

님의 마지막 통화는 신의 천명이었습니까?
"지금 아이들 구하러 가야 해"
물속 깊이 우는 아이들 달래려 뛰어드는

아빠의 뜨거운 몸부림이었을지 모르고
어른이란 참회의 사투였을지도 모릅니다.
누구나 실천하지 못하는 앎을 완성한 승리자이고
그런 아빠는 성인이었습니다.

심 명 숙

■ 다시는 이런 일들이 없도록 다짐을 하며-

■ 세월호 선원 양대홍(46) 사무장은 아내와 마지막 통화로 가족들 챙기고 앞일을 모르는 사지로 승객들을 구하러 뛰어 들어갔다. 그러나 얼마 지나 사망자로 나타났다.

잃어버린 시간

어느 날 신문에서 보았어요. 산사태가 나기 전, '수분센서에서는 산의 눈물이 흐르고 음향센서에서는 산의 울음소리'가 감지 된다고 하더군요. 그러므로 골든타임 30분을 얻을 수 있어 피신의 시간을 얻는다고 합니다. 사고가 난 맹골수도 해역은 물살이 세기로 유명하다지요. 그래도 포기하지 않을 줄 알았지요, 물살 센 곳에서 급선회를 한 배, 화물이 쏠리며 침몰하고 말았지만 골든타임은 충분했었지요.

그래서 물 속의 우리도 포기하지 않았습니다. 그래서 죽음의 나선을 끊는… 이 후의 시간은 생각지도 않았지요. 애타게 기다리는 가족들이 있잖아요. 바다 속으로 속절없이 흘러가는 동안 제 귀는 분명히 돌아오라는 소리를 들었거든요.

배가 침몰한지 이틀 째 되는 날, 아무것도 모르는 학교에서는 봄비가 내리는 가운데 희망의 불 환히 밝혔지요. "포기 하지마, 기다릴게" "살아서 돌아 와" 이 말은 너무 비극적이어요. 간절한 바람이 온 국민의 염원을… 잃어버린 시간이 배반하고 말았으니까요. 팽목항은 더욱 애가 끊었습니다. 아침부터 잔뜩 찌푸린 하늘은 빗방울을 뿌리고 강풍까지 몰아치며 심술을 부렸지요. 그 때까지도 우리의 엄마 아빠들은 "살아 있는거지, 살아야 해" 피를 토하듯 울부짖고 있었습니다.

■ 하루의 해는 이렇게 바다 뒤를 넘어가고 있었다 (연합뉴스 제공)

그것이 얼마나 공허한 메아리로 돌아올지 그것도 모른 체… 지금 생각하니 너무도 가혹한 현실을 인정하고 싶지 않으셨던 거죠. 더구나 바다 속에서 누군가 살아있다는 메시지를 SNS를 통해 보냈다는 괴 소문까지 떠돌기 시작했습니다. 가족들은 배에 산소라도 넣어 달라 항의까지 합니다. 사실 배안에 있는 생존자가 카카오톡을 보낸다는 것은 불가능한 일이지요. 이동통신 전파는 전해질이 많은 바닷물을 통과하지 못한다고 합니다.

항구를 떠날 생각은 아무도 하지 않았습니다. 뜬 눈으로 밤을 새우고 하늘에 기도를 바치며 기적을 기다리고 있었습니다. 마지막으로 통화했던 해 맑은 딸의 목소리가 귀에서 떠나지 않아 엄마는 아예 휴대전화를 귀에 대고 있습니다. 시간이 흐르자 밤새 오열하던 한분이 텐트 바닥에 쓰러지고 맙니다. 해양 경찰관이 나타났지만 총 네 차례 입수결과, 선내 진입에 실패했다는 설명뿐입니다. 그런데도 우리들의 가족들은 희망을 버리지 않고 팽목항을 여전히 지키고 있습니다. 엄마 아빠에게 우리는 아직 불사조여야 합니다. 절대 죽지 않아야 합니다.

그러나 살 수 있는 마지막 기회, 황금의 시간대는 벌써 지나 간 후였지요.

최 윤 정

4월의 별곡

천겹이 연기로 흩어진
서러운 별곡
울며 울며
물새길 따라 날아 가고

숱한 사연이 물음으로
통곡하던 4월이
한철 허물로 출렁이는
노을진 바다는

아픔을 쓰다듬고 다독이며
속으로 타들어가는
이별의 상처가
묵향처럼 깊이 배여
울렁울렁 물결로 접혀 흐른다

심 명 숙

■ 아무 것도 모르는 듯, 말이 없는 바다

제2부 **팽목항의 절규**

■ "사랑하는 아들아!" "사랑하는 딸아!" 벽을 넘치게 붙여놓은 간절한 기원, 애통한 절규

소금물에 젖은 가방

말이 되니! 아가야! 어떻게 된거니? 애야!

소금물 먹은 가방만 돌아오다니… 무슨 일이니? 등에 땀을 흘리며 뛰어다녔나

무정한 시간이 흘러 어김 없이 새벽이 오고 다시 해가 져도 소식이 없구나.

어디까지 갔니? 정적의 바다가 두려워 멀리멀리 헤엄쳐 간거니?

아가야! 내 아가야! 처연한 결심을 하고 돌아올 수 없는 다리를 건넜더냐?

문 열어놓고 미동도 없이 너의 목소리만 기다린다. 하지만 아득한 곳에서 찾아 온

빈 햇빛자락 뿐이다. 그마저 네가 없는 세상, 차갑게만 느껴질 뿐이야. 나 역시 죽음으로 뛰어들 생각 뿐이다. 세상의 보잘 것 없는 것조차 은혜와 감사이며 곧 사랑의 실천이었지.

생애의 보물, 나의 아기!

죽음의 골짜기에 혼자 버려진 건 아닌지 섬뜩한 전율이 인다.

콧노래 부르며 들고 갔던 가방은 소금물로 절여져 음산하기 까지 하구나.

인생이 적막하다. 내 무릎에서 듣던 자장가마저 잊은 것 같아 슬프구나.

꿈을 가지라 했지, 이 엄마만 믿으라했지. 그러나 보기 좋게 약속을 지키지 못 하구 말았다

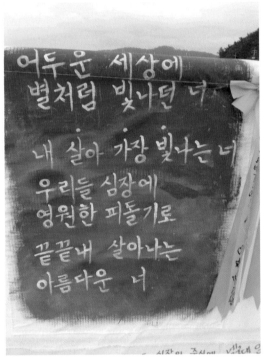

■ "어두운 세상에 빛처럼 빛나던 너"

어찌하여 볼 수도 만질 수도 없는 불가시(視), 불가촉(觸)
의 사람처럼 사라졌니?

아가야! 돌아 와야 하지 않니?
　수학여행이란 학창시절에 가질 수 있는 가장 아름다운 일
탈의 여정이거든
　도무지 믿을 수 없는 일이 일어나고 말았다. 난도질 당한
살이 아프고 쑤신다
　그러나 그 위대하다는 모성애로도 아무것도 할 수 없구나
　도무지 구원의 방법을 모르겠구나. 엄마는 힘이 없다

　아가야! 돌아 와, 네 힘으로 와 봐! 어서 엄마에게 와!
　세상의 숲을 벗어나지 말고 제발 이리로 와 줘
　탯줄로 이어졌던 운명적인 인연을 기억하지? 그 생명을 동
아줄 삼아 어서 오거라,
　천륜의 길을 따라 와, 부레라도 달아 줄 테니 힘차게 헤엄
쳐 와
　생명의 물길을 트고 서둘러 오거라
　아가야 내 아가야!

최 윤 정

우리 아이 자나 봐요

이제 왔구나, 엄마가 전화 많이 했는데
아저씨 우리 아이 잠자고 있나요?
누가 길을 막았기에 이제야 왔어
엄마 아빠가 찾으러 오지 않았다고 화났구나

캄캄한 풍랑을 헤집고 길을 찾아온 우리 아이
얼마나 무서웠으면 파랗게 질려 두 주먹 꼭 쥐고 떨었구나
가본적도 없는 험한 곳을 발이 퉁퉁 붓도록
젖은 맨발로 헤맸는지 춥고 피곤해서 파리하게
차마 말도 못하고 잠에 빠져 꿈만 꾸고 있나 봐요

아가야 온몸이 얼었네!
차가운 땅바닥에 누워서 엄마 놀리지 말고 눈 좀 떠봐라
한껏 멋 부리고 나간 모습이 왜 이러느냐?
가슴 찢어지는 불쌍한 아가야 바닷바람 차가워
일어나렴, 흔들어 깨워도
파도만 철석철석 헛손질 하며 망연자실
허연 홑이불 위로 얄궂은 구름만
몽롱하게 내려앉는 날
돌아온 아이를 보아도 아무리 보아도 기막힌 일
소풍 가는 길에 밝게 꽃이 핀다고 했는데

아이들 젖은 몸엔 뿌연 소금 꽃만 가득 하구나
젖은 양말 벗기는 따뜻한 엄마 손길 느끼고
창백해도 좋으니 미소를 띠우며 일어나 주렴

심 명 숙

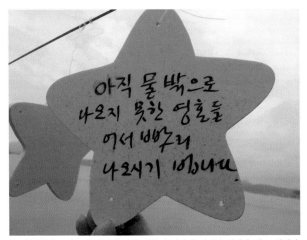

■ 팽목항에는 하늘의 별처럼 많은 별들이 저마다 애절한 기원을 담고 있었다

■ 수학여행 간다고 밝은 모습으로 인사하고 나선 아침에 미소가 짠물에 모두 지워졌다. 차갑게 얼어 물속에서 나오는 자식을 보고, 만져봐야 하는 부모 마음 정신을 잃고 기가 막혀 주저 앉는다. 믿고 싶지 않은 슬픈 이별, 파도는 날마다 기적을 한 겹씩 접어 쌓아간다.

적막한 기다림, 이리도 먼 길 - 아빠의 절규-

바다의 깊이는 무한대인가 봐! … 그리도 먼 걸 보니…. 숫자로 표시 할 수 없을 만큼이나 아득해…. 언제까지 기다려야 할까. 여전히 바다는 그 갈등을 해소하지 못하고도 평강을 누린 듯 고요하기만 해… 그래서 참 무서워 … 그리고 지겨워…. 밉기도 하고 저주스러워 … 격렬한 분노가 일어. 순결한 우정 다 갈라놓고, 피붙이 떼어놓고, 온 세상사람 모두 다 아프게 하고도 여전히 의문덩어리야! 소조기, 대조기, 잘도 돌아가며 아무렇지 않게 반짝여.

햇살 아래, 진도 앞 바다는 어찌나 망망한지 입이 다물어지질 않아! 보석을 뿌려놓은 것 같지,
그 풀기 힘든 매듭도… 떨쳐버리기 힘든 적막함도… 바람 지나가고 나면 다 잔잔하며 조용해지지… . 애착을 가지고 쓰다듬던 행복들은 멀리 사라졌어. 적막한 기다림 뿐 이지… 다시 찾고 싶은 나의 행복, 미소 짓게 하던 그 눈, 그 착한 아이들은 다 어디로 갔지? 젖을 먹는 신생아처럼 풀풀 풍기던 우유 내음 … 그 옹알이와도 같은 콧소리 … 빛나던 시간, 추억은 어디로 간거야! 아 ! 이럴 때면 몸 안이 저려와! 호흡이 거칠어지고 분노가 일어, 피로한 목소리로 짐승처럼 울부짖게 해. 참 아픈 비극이야! 바다의 깊이는 그렇게 멀어, 아주 깊어 갈 수도 없지… 아득한 길이야. 이제야 깨달았어 … 우린 너무 상대를 돌보지 못했으며 결국 자신도 돌보지 못하는 사태가 되고 만거야. 남을 보살피는 것이 곧

나를 보살피는 것이라는 깨달음이 와! 다시는 이런 일 없어
야 해, 하나하나 투명하게 거듭나 변해야 해! 평화로운 세상
올 때까지 우리는 서로 보듬어야 해, 살아 숨 쉬는 지금, 세
상의 갈등과 모든 이해가 회복돼야해, 그렇게 된다면 바다
의 그 먼 깊이도 거짓말처럼 가까워 질꺼야!

　적막한 그리움도 모든 실수도 사랑으로 덮히겠지!

최 윤 정

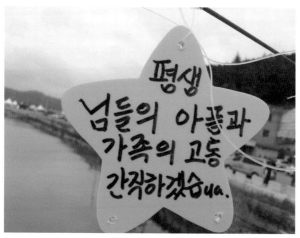

■ 유가족과 고통을 같이 하겠다는 이웃의 맹세—

첫 나들이

잔잔한 바다 위를
저 배는 날아올라 하늘로 가요
대명천지, 휘엉청 달도 뜰리 없는 아침에
삿대도 돛대도 없이 하늘로 가요
물 흐름에 몸을 싣고
자꾸 하늘로 가요, 참 이상한 일이어요

잔잔한 바다 위를 저 배는 날아올라 하늘로 가요
무지개 빛 날개를 가진 나비가 아니어요
힘 센 장수의 방패는 더욱 아니지요.
눈깔 뒤집힌 가오리도 아니건만
얼레 끊어진 연(鳶)처럼 하늘로 가요.
참 이상한 일이여요

사라진 수평선이 발아래 구겨져요
주머니 속의 내 맑은 거울도
새 옷도, 신발도, 접어 넣은 손수건도
깨지고… 구겨지고… 찢어지고… 부서져
뼈를 들어내고 누웠어요
참 이상한 일이여요

가만히 있을 것, 움직이지 말 것, 소리도 지르지 말 것
속삭여도 안 되나요 날아올라야 하는 우리에게

너무 무리한 부탁을 해요
참 이상한 일이여요

흘러 흘러 너무 멀리 온 것 같아요
온 몸이 아파요, 목이 타요
점 점 내 머리의 지성이 빠져 나가고 있어요
인내의 한계가 느껴지고 숨이 차요
사교적이고 쾌활했던 친구가 창백한 얼굴로 "안녕"이라
말해요
정말 이상한 일이에요

목숨은 가벼운데 무거워지는 육신만 처량해요
무엇이 그리운지 눈물이 나요
마지막 본 들꽃처럼 내 삶이 속절없이 애달파요
못다 이룬 꿈 이루지 못해 가슴 치며 후회 돼요

어느 수학여행 가는 날
미망의 바람 속으로 정처 없이 가고 만
황망하고 아득한 첫 나들이
참으로 이상한 일이여요

최 윤 정

하늘에 오르자

애들아
그 물에서 나와 하늘로 가자
거칠고 어두운 세상 내어주고
밝고 영화로운 집 찾아 가자
죽음으로 소생이 있다는 곳
이생이야 전설처럼 아득하고
삶마저 영원히 강처럼 흐른다고 하는
부활과 환생의 나라로 가자

소녀야,
황금빛 향유로 몸을 씻고
꽃처럼 화려한 몸으로 하늘로 가자
요동치는 마음 바람에 내어주고
고상한 성자의 나무에 꽃이 되자
영기를 내뿜는 열매를 맺고
섬세한 빛으로 면면히 돋아나자

그리하여 너는
고통과 희생의 능력으로
신심 가득한 천사가 되리니…
세상을 지키는 수호자가 되리니…

최 윤 정

■ 애들아! 훨훨 날아 부활과 환생이 있는 하늘나라로 가자

영혼의 닻을 풀고 …

안 된다. 안 돼! 아니야! 바다 위, 위태로이 솟은 배의 그 끝 한 부분이라도 보여 다오.

꺼져가는 촛불 같이 점 점 가라앉고 있지만 우린 그것을 지표삼아 너희에게 가고 있단다.

그래서 꼭 붙들고 싶다. 애들아, 제발 가지 말아. 배의 움직임을 보고 싶다.

우리는 공기의 진동으로 너희들의 가슴 끝을 어루만지고 있단다 …

힘차게 뛰는 심장소리 듣고 있어. 저 배 잠기면 이제껏 기다린 의미마저 사라질 것 같다.

열 여덟 해의 기억마저 다 사라진다. 그 움직임, 그 촉감만으로도 어여쁜 내 새끼들아!

미래의 상상만으로도 황홀했던 내 아가들아! 가지 말아라!

아… 아가들아! 배가 잠겼다, 세월이 사라졌다. 흔적도 없이 심해로 숨었다.

무거운 침묵 속으로 묻혔다! 너희들도 함께 가고 말았구나.

아수라장, 얽히고설킨 미로 속, 얼마나 헤매고 있니?

품고 있던 꿈, 다 내려놓고 얼마나 울었니?

온갖 것이 다 꽃 같던 추억의 자락 접으며 얼마나 황망했니?

■ 세월호야 제발 꼬리만이라도 감추지 말아다오! (연합뉴스 제공)

　자신의 존재를 벗으며 얼마나 참담했니? 불길한 예감을 부정하며 얼마나 몸부림 쳤니…

　너희들 없는 세상, 우리는 사람도 아니다. 자식을 앞세운 중죄인이 되었다.

　가슴이 면도날에 베인 듯 쓰리고 아프다. 울부짖으며 호소해도 소용이 없구나.

　이제 감정도 정서도 쇠퇴해 마른 장작이 되었어, 아니 밀랍이 되고 말았다.

　엎어놓아도 꿀 한방을 흐르지 않는 빈 병이 되었다

두드리면 탁음으로 반응하는 깨진 병이다

그 타는 입술에 물 한 방울 묻혀주지 못하는 힘없는 부모란다. 우리는 사람도 아니다

껍데기만 남은 허상이야. 방법도 해결도 모르는 천치들이다.

애들아! 그러니 제발 우리를 용서하지 말아라. 그리워하지도 말아라… 더구나 믿지도 말거라.

이 악몽에서 깨어 편안한 잠 잘 때까지 잊어야 해!

질기게 이어 진 끈 밀쳐 내고 나비처럼 가거라. 긴 여행길 지치고 피로해도 무정한 세상,

다시 뒤 돌아보지 마라. 모두 소용없는 이름 뿐인, 아버지… 어머니다

아가야 ! 나비처럼 훨훨 가거라. 순간을 살지라도 은빛으로 반짝이던 착한 영혼아.

빛나게 불 밝히고 어서 가거라… 허공 한 쪽, 눈길 닿는다 해도 먼지처럼 가볍게 다시 가거라. 가서 다른 별의 이름으로 꼭꼭 숨어 비정한 세상은 다시 오지 말거라.

최 윤 정

4월의 하루

복사꽃 피는 4월의 어느 날
여행을 떠난 아이들이 있습니다
횃불 든 선구자처럼 대문 활짝 열고
생전에 꿈꾸던 바다의 노래를 부르며
아득히 사라 진 아들과 딸들이 있습니다

하늘은 푸르지만 바다는 붉게 취해
겁 없는 세월을 흔들어 놓고
찬란한 땅은 비극의 전례를 남기며
눈부신 물의 변화만 바라봅니다
비정한 바다만 원망 합니다

어느 날 하루는 그렇게, 아무렇지도 않게
거짓말쟁이가 뿜어 낸 하품보다 더 가볍게
기다림의 날들을 보기 좋게 유린하고

침묵처럼 답답하며 아집처럼 무서운
저 맹골만 처참하게 바라봅니다
대조기의 물길만 원망합니다

최 윤 정

바다는 울고 있더라

바다는 절규의 힘으로 팔을 끌어당기더라
무심히 지나간 구름 뒤로 머쓱하게 서 있는 등대는
결박의 끈을 놓지 못하고 수평선만 물끄러미…
어디쯤에서 왔나?
하얗게 여윈 파도는 부두를 잡고 애원하고
갈매기 흰 깃털은 평생 울어야할 고락(苦樂)처럼
뜨거운 태양에도 마르지 않는 애타는 눈물이 뿌옇더라!

■ 별을 안고 울고 있는 바다(팽목항에서)

아린 가슴이 헛기침 하는 항구는 절절이 타고 있더라
서럽더라!
노란 별들의 기다림이 소리 높여 철석이고
비바람에 흔들려도 떠나지 못하는 영혼이
그리운 이 부둥켜않고 흐느끼더라

이별의 진혼곡이 바람에 갈리며
바다는 지쳐 힘없이 떠도는 넋을 품고 있더라
얼마나 억울한지 위로 하여도
목탁으로 두드린 가슴은 어느새 바위가 되고
파란해초로 자라 물살에 이리저리 휩쓸리더라

그대는 아직도 먼 여정의 출발 길에 서 있더라
한스러운 이별의 딸꾹 울음 삼키며 바라보는 그 어디엔가
세상 인연의 장막은 파도에 겹쳐 흔적이 작아지고
희망은 속으로, 속으로 타들어가고 있더라

- 햇볕 따가운 팽목항에서…
심 명 숙

■ 7월 24일 사고 영혼들을 위해 곳곳에서 백일기도 행사가 열렸다. 아
직도 가족들이 애타게 기다리는 10명(학생 5, 교사 2, 일반 3명)의 실종자
가 팽목항을 떠나지 못하고 있었다.

누나의 이름

누나는 그런 사람이었습니다. 성품이 강하고, 배려하는 인성이 아름답습니다.

모두의 염원과 누나의 도움으로 어둡고 차가운 바다에서 나온 학생들은 무서워 떨립니다. 내가 살았다는 안도감 보다, 친구들과 성생님 걱정입니다. 갑자기 닥친 참변에 어리둥절합니다. 누나의 힘과 따뜻한 마음은 우리들의 무사를 기원하며 '너희들 다 나가면, 나도 따라 나가겠다.'고 했답니다. 그러나 우리 뒤를 따라 나온 누나는 차갑게 굳은 몸으로 나왔습니다. 누나의 희망과 기적은 끝내 피질 못하고 파도 속으로 부서졌습니다.

누나!
따뜻한 누나의 옷을 나에게 주었어요
아파옵니다
귀에 독하게 출렁대는 물소리 막아주던
예쁜 목소리 들려옵니다
온몸에 사납게 치던 비바람 막아주던
누나의 정이 따뜻하게 전해 옵니다

누나, 그 날… 우리 잠깐 만남을 매번 물어도
우리는 전생에 인연이었다고 함빡 웃던 얼굴
어떤 때는 꿈을 이야기 하는 것 같아요
뒤 따라 오는 누나의 발자국 소리 기다리며

■ 노란 리본에 정성을 다해 기원을 쓰는 사람들

부르고 불렀어요
그러나 메아리는 햇살로 우리를 비추네요
고마워요! 나에게 이런 누나가 있어서…
소란하던 4월, 꽃 같은 젊음이
사람들 가슴에 시들지 않는
의사자(義死者)로 붙여졌어요

누나! 새 이름이 마음에 드시나요?

심 명 숙

■ "너희들 먼저 구하고 나도 따라 나갈께." 했던 누나는
2014년 4월 16일, 오후 7시 30분 경 사망자(박지영)로 발
견, 단원고등학교 2학년 정차웅과 함께 발견되었다.

아이들아 힘들지

오늘이 벌써 아이들의 소식이 끊어진지 3일(4월18일)이 됐다. 새로운 해는 뜨지만 정녕 기적은 일어나지 않는다. 밤이 원망스럽고, 쓸어내리는 가슴앓이는 통증만 심해진다. 오늘도 <기적>을 염원하던 밤이 깊어간다. 진도 앞바다는 뿌연 하늘이 비를 뿌리며 맹골은 성깔을 부린다. 자연 앞에 작기만 한 인간의 능력이 어쩔 수 없는 현실이 애가 탄다. 희망을 가져요. 끝없이 한없이 부르는 소리 듣고 "힘내시고 조금만, 조금만 더 참아주세요." 바람이다.

비바람 치는 날씨는 저마다 찌푸린 얼굴에 혀를 차게 한다. 구조중단 소식에 팽목항의 절규는 하늘을 찌르고 있다. 부모형제 자식이 있는 바다를 바라만 봐야 하는 가족들은 피 눈물을 흘리고 있다.

얼른 와서 치킨먹자!

오늘도 엄마 아빠 부두에서 기다린다
아들아 배고프지?
네가 좋아하는 치킨, 햄버거 사왔다
따뜻할 때 어서 먹자
식탁에 킥킥거리며 볼이 터지도록
우물우물 먹는 네 입이 보고 싶다

우리 딸아 춥지?
너 좋아하는 따뜻한 카페오레 사왔다
짧게 만든 미니스커트교복도 가져왔어
빨리 나와서 옷 갈아입고, 커피 마시자
엄마 아빠는 도시락이 식을까봐
가슴에 품고 기다리고 있단다.

심 명 숙

■ 사고2일째, 비바람에 파도가 높았다. 민간 잠수부가 파도에 휩쓸렸다 낚싯배에 구조됨. 시신8구 추가 인양(사망자 18명)
사고3일째, 학생들을 뒤로하고 살아나온 단원고등학교 교감(강민규)선생님이 진도 체육관 뒤 산에서 자살을 한다.(사망자 29명) 구조에 필요한 큰 장비들이 도착한다.

등대를 보아요

빨간 등대가 보이나요?
낮에는 하늘 빛이 밝고, 밤이면 달 빛이 환하지요
기다리며 굳어지는 가슴에 밤낮으로 불을 켜고,
꾸불꾸불 험한 바위 길을 밝히고 있어요
오세요, 애타게 기다림을 향한 불빛 따라 오세요
부두의 전설이 애절하게 늘어진 인연의 끈을 허리에 졸라
매고
광풍으로 불면 잠들지 않는 기도 소리로 길을 비추고 있
어요
들리나요?
부르며 말라가는 목소리 들리거든 대답해 봐요
귀 기우리고 눈 비비며 님을 태운 고래 등이 슬그머니 올
라오기를
기다리다 구름만 한탄하는 세월동안 마음은 매번 바다로
뛰어들어요
타는 가슴을 하늘에 퍼붓고 나면, 등대는 다시 한 곳을
향해요

햇볕 따갑게 기다리며 서 있네,
세찬 바람 보듬고 서 있겠네,
돌아와요!
우리들 헤어짐이 꿈속 같은데 기어코,
물새만 외롭게 나는 저 험한 바다에
부도(浮圖)를 세울 건가요?

■ 7월 24일 사고 100일. 팽목항에는 빨간 등대가 목을 쭉… 빼고
기다림의 불을 밝히고 서있다.

오늘은 날이 맑아 구름도 희네
멀리 수평선 유유한 유람선은 보이지만
찾아 갈 수 없음이 안타깝기만 하고
기도소리 파도를 헤치며 가다가다
가시덤불에 걸렸는지…
어찌할 바 모르는 까마귀 목이 쉬어가네

심 명 숙

팽목항에서 만난 소녀

한 무리의 소년과 소녀들을 만난 곳은 진도, 팽목항 입구였습니다. 그들은 손에 손을 잡고 바다 쪽으로 가고 있었습니다. 가끔 바닷바람에 소녀들의 빛나는 머리카락이 날리곤 했습니다. 그들이 걷고 있는 모습은 마치 흐르는 물결처럼 자연스럽고 아름다웠죠. 언제나 그렇듯이 아름다운 것을 보면 어찌하여 슬픈 감정이 먼저 투사될까요? 괜시리 가슴이 찡해집니다. 그도 그럴 것이 그날은 세월호 사건, 꼭 100일이 되는 날이었습니다.

아이들은 말이 없었습니다. 심해의 침묵만큼이나 고요했죠. 그 뒤를 따라가던 나도 숨을 죽이며 걸었습니다. 그런데 바다 쪽으로 발길이 닿으면 닿을수록 점점 가슴이 답답해지고 숨이 찼습니다. "아 ! 애들아 ! 나…좀 … " 내 목소리를 들었는지 누군가 급히 손을 잡아 주었습니다. 그 때 바라 본 아이의 눈은 마치 비둘기의 눈처럼 푸르며 또 깊고 맑았지요. 그러나 손의 감촉은 얼음처럼 차더군요. 더위에 뜨거워진 나의 체온이 그 덕택에 곧 평온을 찾았습니다.

"참으로 고맙다… 그런데 너희들은 누구니? 어디서 왔니?"

나의 물음에 소녀는 작은 미소를 보이더니 말했습니다.

"우리들의 아픔이 당신에게 그대로 전이된 것 같습니다. 잠시였지만 고통으로 많이 힘드셨죠?

그 아이의 목소리는 신음소리로 느껴질 만큼이나 비통했습니다. 아마도 세월호의 그 비참하고 지루하며 증오스러운 시간을 말하는 것 같았습니다. 이곳은 팽목항이니까요.

다시 그 저주스러운 절망의 바다를 바라봅니다. 아무 일도 없었던 것 같은 맹골 소조기의 물결, 진도의 학생들도 노란풍선을 들고 이곳을 찾았습니다. 이 땅에서 같이 하지 못하는 미안함, 아무것도 해 줄 수 없는 한계를 토로하며 슬퍼했습니다. 그러나 사라진 친구들이 억울하고 외로운 만큼 열심히 살겠다며 다짐을 하는군요. 이것을 인연으로 먼 훗날, 하늘나라에서 다정한 친구가 되자고 약속도 합니다.

그 때, 저 만치 앞, 차가운 손을 가진 그 소녀가 눈에 띄었습니다. 아이는 슬퍼하는 가족에게 다가가 어루만지고 쓰다듬으며 같이 눈물을 흘리고 있었습니다. 다른 아이들 역시 팽목항을 찾아 준, 모두를 꼬옥 안아보거나 손등에 눈물 어린 키스를 하고 있었습니다. 그러나 사람들은 아무도 그들의 존재를 인식하지 못하는 것 같아요. 마치 현실에 4차원의 그림이 겹치기라도 한걸까요? 내 눈엔 분명 그 아이들의 고통스러운 심장소리가 들렸으니까요. 또한 아이들이 움직이며 짤랑짤랑 청아한 소리도 났습니다. 그것은 희고 가는 발목에 달린 작은 은방울들 때문이었어요. 그리고 보니 옷차림의 빛깔 역시 이 세상에서 본적이 없는 오묘한 빛깔이었습니다.

어느 듯, 슬픔속의 행사가 끝이 났습니다. 추모객들이 떠

■ 영령들의 승천을 기원하는 학생들의 행사

난 항구에는 어느덧, 뉘엿 해가 지고 있었습니다. 항구엔 오직 그 아이들만 남았지요. 어떤 소년은 등대위에 가부좌를 한 채 하염없이 바다를 보고 있었어요. 몇몇은 노란 리본이 수없이 매달린 줄 위에 두 팔을 벌리고 걷고 있었습니다. 마치 곡예사 처럼요. 아무래도 우울했던 팽목항의 감정을 달래려 위험한 장난을 하는 것은 아닐런지요. 나는 차가운 손을 가진 소녀에게 다가가 다시 물었습니다.

"아가야! 너희들은 누구니? 어디서 왔니?"

소녀는 꽃같이 아름다운 목소리로 대답을 했습니다.

"우리가 만나기까지 마치 억겁 년의 시간이 지난 듯, 길게 느껴지는군요. 당신들을 많이 기다렸어요. 그러나 지금은 안타깝게도 시간이 없군요. 돌아가야 해요. 우리는 다시 만나야할 운명입니다."

"어디서… 어떻게…!"

마음이 다급해진 내가 큰소리로 외쳤습니다. 그러나 이이들은 항구의 난간으로 가, 차례차례 바다로 몸을 던지고 있었습니다. 물고기와도 같이 유연하고 날렵한 몸짓이었지요. 바다 위엔 창파가 일었지요. 그러더니 노을이 붉은 하늘로 노란풍선이 가득 떠오르고 있는 겁니다. 하늘로 간 풍선들은 한참 후, 눈에서 사라졌지요. 그러나 팽목항 주위엔 오래도록 천사의 날개소리와 방울소리가 남아 있었습니다.

최 윤 정

소년 소녀의 행렬 - 100일 -

팽목항에서 사흘을 보냈습니다. 그러나 동행한 S시인과 나는 발길이 떨어지지 않아 도로 주저앉았습니다. 그리도 멀고 멀었던 여정, 이곳까지 올 수 밖에 없었던 절대절명의 이유, 그것이 우리를 고뇌에 빠지게 했으니까요.

유난히 바람이 많이 부는 팽목항의 바다입니다. 그리고 여전히 팽목은 애통합니다. 입술과 손톱이 부르튼 엄마가, 온몸을 바다에 내던지기라도 할 것 같은 아빠가 주위의 모든 사람을 울리고 있습니다. 팽목은 이렇게 가족은 물론 아닌 사람에게도 고통입니다.

여전히 여름날의 뜨거운 햇빛은 쏟아집니다. 가끔 날아오는 바닷바람은 비극과는 전혀 상관없이 청아한 방울소리를 내는군요. 그러나 자세히 들어보니 바람소리가 아닌 것 같아요. 아! 그렇군요, 바람 소리가 아니었습니다. 분명해요! 어쩌면 귀에 익은…

그렇게 소녀와의 두 번째 만남은 예기치 않게 찾아 왔습니다. 주위를 천천히 맴돌다 짤…랑, 잘랑… 잘랑… 고요히 멈추는…. !, 순간 나는 그 아이가 왔다는 것은 알았습니다.

그렇게 소녀는 우리들 곁에 왔습니다. 예쁜 얼굴 속의 부드러운 눈, 반가웠어요. 나는 들고 있던 탄산수를 슬그머니 내밀었죠. "대… 박…" 그제야 아이는 엄지손가락을 치켜세우며 얼굴에 웃음을 보였습니다. 세상에서 하던 버릇을 그대로 갖고 있는 그 아이가 다른 차원의 존재라는 게 믿어지지 않습니다. 하고 싶은 이야기가 많았지만 걱정하지 않아도 되더군요. 마음이 …또는 느낌이… 또는 영(靈)의 향기가 모든 것을 해석하게 해 주었으니까요.

"모두를 대신해 천상에서 편지를 배달한 사람이 너로구나."
"유기적인 생명을 버리고도 이렇게 아름다운 천사가 되다니…."
"천국에는 생명의 나무가 있고 그 그늘아래 영원한 생명을 부여 받는다지?"
"우리가 평소 추상적으로 생각하던 것이 모두 사실이라는 것이 신기해."

"그 날은 아마도 사탄이 인간의 방만을 저주했는지도 모르지요 …"
"아직 충만한 안식은 얻지 못했어요. 세상의 어지러운 논란이 끝나길 기다리고 있어요."
"지난 생을 기억해 가끔 스케치로 추억을 남기지요, 그 때가 얼마나 행복했었는지요,"

"그러나 새 세상에도 적합한 환경과 조화로운 율법과 다채로운 생활이 있습니다."
"맹목적 신념이란 본질적 의미 보다는 감정만 구체화되어 표출되는 것 같아요. 세월호로 어지러워진 세상을 어쩌지요?"

　"밤하늘에 유난히 큰 달이 뜨거나 창 밖 지붕위에 무지개
가 뜬다면… 세상에 정의와 희망이 있기를 기원하는 우리의
메시지라고 생각해 주셔요."

　"비밀을 캐듯, 천국을 열어 보려 소원한다면 충분히 우리
들을 만날 수 있어요."

　우리가 나눈 이야기의 편린을 기억나는 대로 적어 본 것
입니다. 참 오랜 시간 많은 이야기를 했지만 이렇게 단편적
인 것만 생각이 나네요. 그러나 아무래도 소녀와 우린 자주
만날 것 같다는 예감이 듭니다. 아직도 할 이야기가 너무 많
으니까요.

최 윤 정

잠수부의 사투 - 생명줄 하나에 기적을…

■ 잠수부 당신들은 우리 아이들의 희망이었습니다 (연합뉴스 제공)

노곤한 햇살아래 지쳐 앉은 당신들의 수고는 말이 없어도
침묵으로 우리들 가슴에 고마운 울림으로 따뜻하게 전해
져 옵니다.

지친 몸과 애타는 마음, 목마른 열정이 땀과 소금 끼로
잠수복이 서걱서걱 타고 있습니다.

가늘게 떨리는 외침을 찾아 장애물 헤치는 투박한 소리는
물위 동료들 귓속으로 안도감의 신호로 들립니다.

밀폐된 어둠 속 바위가 억누르는 고통과 물살이 깎아내는
아픔을 생명줄 하나에 의지하는 두려움도 멈출 수 없이 절
실합니다.

작은 기척을 찾기 위해 무법지를 헤매다 끌어안은 아이의 온기는 싸늘하게 또, 하늘이 무너지는 허무함에 힘이 빠집니다.

　조여드는 두통으로 순간순간 호흡의 교신이 끊기는 공포가 밀려오는 험한 곳 질러 몸을 던질 때마다, 통곡들이 물살로 사납게 휘돌리는 쓰라림과 아픔을 참고, 참아야하는 어려움입니다!
　간절한 기원이 출렁출렁 겉돌아 허물어 질 때면 희망은 하얀 광포에 쌓여 분향소로 보내야 한다는 두려움에 흐르는 시간이 원망스럽고 얄궂습니다.
　"당신은 우리 아이들의 희망입니다."
　고된 휴식처 바지선에는 짠바람만 나뒹굴고 있었습니다.
　다행이 따뜻한 사랑의 밥 차가 달려와 주는 날에는 눈에 염기가 살짝 녹아내리면 또, 다시 검은 물속으로 뛰어 듭니다.

　잠수부님들의 매 순간 안전을 기도합니다.
　미친 듯 험한 바다 속을 헤치다 강한 바람에 주저앉으면
　냉정한 쓴 소리, 구설수에도 묵묵한 진념은 캄캄한 해저 속에서 몸부림쳤습니다.
　생명줄 하나에 걸린 '희망'이 얼마나 무거운지, '기적'이란 간절함이 호흡을 압박하고 있습니다.

차갑게 얼은 육신 잠시 펴는 휴식조차 날씨를 걱정합니다.
넋을 잃은 가족들 생각하면, 눈앞에 안개가 뿌옇게 깔리
는 바다가 원망스럽지요.
잠시라도 한가한 몸이 죄인 듯, 최악의 어둠을 뚫고 또 다
시 생명줄 잡은 파리한 얼굴은 반성을 하듯 심해로 뛰어드
는 대단한 수고에 머리 숙입니다.

심 명 숙

■ 목숨 걸고 노력하는 잠수사님들 많은 어려움과 잠수병으로 고통받으며 희
생하고 있다. 2014년 5월 6일, 사고 현장에서 수색 작업하던 잠수사 1명(이모
씨)이 입수한지 5분만에 교신이 끊겼다. 치료를 받던 중 끝내 사망했다.

제3부 **진혼의 노래**

■ 쌓이고 쌓인 기원의 리본들

흩어진 꿈

어여쁜 내 새끼들아 !
아름다운 뒷모습으로 너희는 이 세상을 떠났다
계절처럼 도는 순환의 진리
홀연히 가야할 이승은 오직 찰나였어
한갓 바람에 흩어진 꿈이라 생각할게
너무도 사무친 이름으로 달처럼 찾아 와
살과 뼈를 자르고 떠났지만
천륜의 숙명만은 하늘까지 닿을꺼야

언젠가 다시 만나 짧은 생을 추억하며
따뜻한 체온의 네 손으로 반드시 찾아도 보렴
그 때, 까맣게 탄 숯덩이의 심장을 가진 이가
너의 엄마이고 아빠이다
누더기로 찢기고 헤진 가슴이 너의 가족이다
그러나
물빛에 물든 푸른 영혼이야
과거 쯤 잊어도 된다 하더구나
갈 길이 다른 흩어진 바람이야
다시 고이지 않는다 하더구나

아! 애들아! 아! 아가들아…

최 윤 정

위령곡(慰靈曲)

"기울어요, 배가 기울어요!"
누가 귀를 막아 애절한 외침을 못 들었나
미안하다, 아가야 미안하다
악마처럼 쳐들어오는 차디찬 물살이
온몸을 덮칠 때
입이 부르튼 기도는 안개에 묻혀
흩어진 비와 구름이 되었나

"엄마! 무서워 어떻게 해야 돼?"
"살고 싶어요!"
우리 아가들 목소리 심장이 멈춘다
어여쁜 딸아, 아까운 아들아 애통해서 어쩌나…
여리디 여린 가슴, 부드러운 살결이
맹골 사나운 물살에 찢기어 퍼렇게 멍들고
골절된 손가락이 녹아 풀어지는 아픔,
그 고통이 얼마나 무서웠느냐
가슴을 친다, 곁에서 손을 잡아주지 못해서…

어린 다리로 걷기엔 거기는 길이 아니었다
손잡고 가야 했을 길을 혼자 보냈구나
이기심이 어지러운 세상을 초월할 힘이
너희들은 아직 힘이 부족했겠지
보고 싶다 안아보고 싶은 우리 아이들
세상에 와서 짧은 세월동안 엄마 아빠 자식으로
착하고 예쁘게 살아줘서 고맙고 사랑한다

심 명 숙

■ 엄마는 불쌍한 자식의 영혼을 위로해야 하는 가
슴 아픈 쓰라림이다. 내 자식 원통한 한을 품어 좋은
곳으로 보내기 위한 간절한 이별곡을 불러야 했다.
국민 엄마들의 이별 노래이고 기도이다.

영정 앞에서

저토록 경이로운 빛같이 애련하고 어여쁜
영정이 또 있을까,
제단에 곱게 앉아 고요히 떠는 하늘이 내린 꽃들
차마 눈을 마주하기 미안한 아픔이야
그래도 하나하나 눈을 마주치면 반갑다는 설음
향불연기 속에서 몰래 닦아내는 눈물은
보고 싶은 사람과 이별의 매운 향기야
앞에 서서 저무는 날이 야속한 슬픈 소리 들었다

치밀어 오르는 오열이 버거운 어린 가슴에
묻을 모진 상처와 물거품 돼버린 꿈을 위해
올리는 기도소리 조차 미안하구나!
귀하고 아름다운 존재,
꽃향기에 비하랴 천진한 미소
밤하늘 별에 비하랴 초롱초롱한 푸른 눈빛들
그 눈으로 본 어둠의 폭동이 얼마나 아팠을까
아이들아 어둡게 떠다니는 네온 빛을 보지 말고
좋은 곳에서 웃음이 지치도록 행복하길 바랄게

예쁘다. 아파서 많이 울었는지
미안하단 마음뿐이야
어이없는 배웅길이 슬프지만, 다시 4월이 오면
노란전령사로 화사하게 환생해 줄지 걱정이야
눈물로 태우는 묵념이 뒤꿈치를 꽉 누른다

심 명 숙

분향소

햇볕의 열기가 몸에 찰싹 달라붙는 화랑공원이다. 그 곳
엔 슬픔과 희망의 기적을 기원하며 근심에 지친 사람들의
하얀 우주가 푸른 동산에 낯설게 앉아 있었다. 아침이슬 마
른지 한참인 동산에 힘없이 초련하게 늘어진 하얀 들꽃들
이 슬픈 환영들을 위로하고 있다. 푸석한 바람마저 오가는
마음들을 적셔 새하얗게 애도의 물결을 이루어 준다. 나무
마다 어린 영혼이 하루에 한 뼘씩 자라고, 동산을 날고 있
는 노랑나비 사람들의 위로를 받고 있다.

초대받지 않은 문 열기에 마음을 한참동안 다잡았다. 가
볍게 구르는 문이 조금은 안정을 주었다. 더 없는 고요의 떨
림은 경건한 그들의 눈빛이 순간 파도처럼 젖어드는 가슴에
백서(帛書)로 새겨졌다. "찾아 주셔서 고맙습니다."라고…
미안했다. 늦게 찾아 온 것이 정말 미안했다.

기도문(사랑하는 사람들아 세상에서 가장 아름다운 별
이 되소서!)을 써 내려가는 손은 힘이 빠져 떨렸다. 파란 하
늘에 스크린으로 돌아가는 예쁘고 멋진 얼굴들, 아! 사랑
하는 사람들이 겪은 고통이 해탈의 경지를 경험한 듯 태연
한 미소였다. 밝은 미소가 한없이 슬펐다. 제단에는 그리운
사연이 쌓여 산을 이루고, 참을 수 없는 서러움이 쌓일수록
향불은 붉게 타고 있었다. 한숨이 타들어가는 향기에 실려
하얀 지구를 구석구석 돌고, 그 향기는 가슴에 뿌옇게 쌓였
다. 사랑하는 이들의 나라, 반짝이는 은하수가 돌돌 흐르는
강가에 국화꽃 향기가 하얀 슬픔으로 시려왔다

■ 안산 화랑공원에 세워진 분향소, 내부 촬영은 허락되지 않았다

알아요! 잔잔한 새벽 천지를 깨워 흔들며 가야했던 하늘
길이
　아쉽고 어려움에 넋을 잃은 그 마음 알고 있어요.
　보았어요, 서녘하늘에 살며시 깃을 내리는 노을 속에
　밝고 어여쁜 미소가 고아서 슬퍼 보이던 얼굴들을
　기억하고 있을게요.

심 명 숙

■ 경기도 안산 화랑공원 안에 차려진 분향소에는 희생자들의 영정이 이승
에서 밝았던 표정으로 앉아 있었다.

천사들의 첫 등교

칠십하고도 하루를 더 한 날, 마치 영혼이 사라진 백지장 같은 얼굴을 하고

너희들은 드디어 모두 학교에 왔지, 완전히 상처를 극복한 것은 아닐테지만…

이렇게 다시 만날 수 있다는 것이 꿈만 같아… 사람들은 첫 번째 등교라고 말했어,

아무것도 변한 것이 없는 학교, 우리들은 교문 옆 푸른 나무 가지에 새로 돋은 날개를 접고 사뿐 앉아 있었어…

"고마워 잘 이겨내고 다시 학교로 돌아와 준 너희들이 자랑스러워"

우리들은 손을 흔들며 큰소리로 외쳤지만 아무도 듣지 못했지… 당연한 일이야, 이제 지상과 나와의 세상과는 서로 기류가 달라 소리가 전해지지 않거든…,

그리고 그토록 힘겨운 악몽을 극복하고 찾아 온, 첫 수업 시간의, 누가 먼저랄 것도 없이 흐느끼기 시작했고 그러다 모두 통곡하듯 우는 바람에 학교는 꼭 그 사고의 날처럼 슬픔의 바다가 되어 버렸어… 참 이상도 하지… 그 울음은 은하수처럼 흘러서… 흘러서… 하늘에 닿았지…

그렇게 도착한 울음은 마치 목이 메인 기적소리 같기도 했고 진공관을 통과한 나팔수의 연주 같기도 했어. 그래, 아니, "레퀴엠"이었던 것 같아… 진노의 날, 죽음을 위로했던 대가의 음악처럼 경건하고 아름다웠어. 너희들은 천상의 우리를 위해 그렇게 가슴이 녹아내릴 듯 울어 주었어.

아… 이제야 가라앉는 그 무서운 세월 속에서의 가위눌

림, 또 두고 온 세상의 미련과 아픔,
　서러움이 사라지고 눈이 밝아져… 아마도 너희들의 창자
가 끊어지듯 흘린 눈물이 아픈 가슴을 쓸어내린 것 같아…
　아… 사랑하는… 영원히 잊을 수 없는 우리들의 친구여…
다시 돌아가고 싶은 우리들의 학교여…

　　　　　　　　　　　　　　　　　　　최 윤 정

■ 팽목항에서

하늘에서의 풍장(風葬)

침묵의 바다에서 나는 들려져 올라왔어,
나는 그 잔인한 바다 속, 심해에서 결국 땅으로 왔지.
주위는 온통 눈물과 한숨 뿐, 무거운 죽음의 분위기에 슬
픔만 가득할 뿐이야
그래도 나의 영혼은 숨을 쉴 수가 있었어. 이제야 그 푸른
하늘로 갈 수 있게 된 거야!
저 하늘의 자유를 찾게 됐지. 물에 젖은 무거운 몸을 버리
고 하늘로 가는 거야
그러나 안타까운 사고의 후유증은 안고 가야해!
나는 빨리 걸었지. 정말 다급했거든.
그 악몽을 벗어나는 것만이 절대적인 나의 의무 같았어
해는 아주 뜨거웠어. 그러자 내 영혼에 불이 붙고 말았지
바람은 비인 한쪽 가슴을 빠르게 소멸 시키며
굽이굽이 저승의 그 길로 흘렀지

첫 번째의 '슬픔의 강(江)'을 지나
두 번째의 '비탄의 강'을 건너
세 번째의 '불의 강'을 거쳐
다섯 번째 '망각의 강'으로 갔어
네 번째의 '증오의 강'만은 그냥 지나치고 싶었어

그렇게 처음 닿은 세상은 빛처럼 눈 부셨지
황홀하고 아름다운 세상이야
그런데도 나의 가슴에는 퍼런 멍이 들고 아프게 색인된

그 날의 의문뿐이야
　참 안타까워. 원통해 !

　다행히 천국의 생활은 생각보다 아름답고, 선하며 성스럽
지
　죽은 삶치고는 사무치도록 완벽해
　그런데도 아직 땅을 벗어났다는 깨달음이 오질 않아
　두고 온 땅 위의 천륜, 함께 울어 준 눈물 때문이야
　은밀한 약속이라도 하고 온 듯, 마음은 늘 하늘아래 땅을
서성이고 있지

　천국에는 '생각의 산정(山頂)'이라는 곳이 있거든
　나는 이곳에서 살다시피 하고 있어
　무심히 감도는 생각의 조각들이 나를 지배해서야
　망각의 강 '레테'를 건너 왔어도 잊혀지질 않아
　마음의 상태는 호수 같아도 생각만은 커다란 돌이 던져진
수면 같이 어지러워

　아… 우리는 하늘로 왔어. 저 하늘의 자유를 찾아 왔어이
곳이 마지막 소풍길이라는 것도 모르고 왔지. 완성되지도
않은 인격을 가지고 감히 천국으로 왔어
　던져진 주사위의 결정을 따라야만 했어
　아… 나는 하늘로 왔어. 그 무거운 처소에서 등불을 기다
렸어.

■ 하늘에 오르자, 그리고 별이 되자

　조급해서인지 입술이 탓지. 애타게 울부짖는 소리 따라왔
어. 우리를 부르는 신호였거든
　지친 몸으로 폭풍우를 바라보던 그 피의 갈망이 나를 불
러냈지… 구원의 소리였어

　아! 나는 하늘로 왔어
　눈부신 자유를 찾아 왔어

　주 - 그리스 로마 신화에 나오는 이승과 저승 사이의 다섯 개의 강
　　첫 번째, 슬픔의 강(江), '아케른', 두 번째, 비탄의 강 '코퀴도스'
　　세 번째, 불의 강 '플레게돈' 네 번째, 증오의 강 '스틱스'
　　다섯 번째, 망각의 강 '레테'

최 윤 정

울지 마 - Don't cry for me Korea

울지 마
종달새 같은 목소리로 노래를 해야 해
세월의 마녀가 할퀴고 간 상흔을 지우고
이 화려하고 찬란한 봄의 향기를
마지막 진혼곡(鎭魂哭)으로
구름처럼 띄어 봐

울지 마
향기로운 꽃잎처럼 남은 삶을 채워야 해
기적처럼 소유한 땅을 눈물로 젖게 하지 마
씨를 뿌리고 거두는 자의 수고를
믿음처럼 간직해 봐

울지 마
우리를 위해 울지 마
고통을 딛고 일어났으니 텅 빈 손을 채워야 해
고난의 기억을 지우고 충만한 삶을 즐겨
존재만으로도 행운이니 다시 꿈과 행복을 찾아야 해
살았으니, 숨 쉬고 있으니, 심장이 뛰니
울지 마
제발 울지 마

최 윤 정

광화문의 슬픈 연가

질서와 도덕이 멀리 떠난 광야는 해쓱하고
나라를 생채기 내는 모욕감을 깨무는 입술이 부르튼다
누구의 목소리인가? 시끄럽게 엉키는 갈등
슬프다. 사랑하는 사람들을 표백하고 변설하는
욕구가 몹시 슬프고 무섭다

비에 젖어 이리저리 뒤척이다 깨어난 아침에
밀려와 부딪치는 햇살의 안타까운 별곡이
밤이 되면 촛불하나 다시 비에 젖는다
비바람 헛돌아 흔들리는 광화문 광장
마음이 무거운 행인들은 비켜가며 걱정과 충고
한마디씩…! 곁눈질로 살피고 지나간다

분수는 한계선을 넘어 얼룩이 찌드는 광경을
한탄할 일이다
모두들 욕심으로 자라나는 손톱을 잘라내고,
수염도 자르고, 갈등으로 뭉친 오해도 풀어내자
불쌍한 영혼들이 슬퍼한다

울음소리 지혜롭게 듣는 가슴을 가진 지성,
어두운 미소를 제대로 보는 성인들이 그립다

■ "장군님 호통 한 번 쳐주세요"

근심으로 지켜보는 세종대왕의 우울한 기색이
마음을 아프게 하고,
그 옛날 고달팠던 추억이 이순신의 칼끝에 걸린다
'후회스럽다.'
이 나라를 지키려 무서운 외로움을 견디며
물위를 달려야 했던 장군의 한숨이 들린다
"거친 물살을 막던 목소리로 호통 한번 쳐주세요!"
정신 차리라고…

심 명 숙

천상 가는 길

떠나가는 세기의 슬픔이 너무 추워서
길이 광활한 겨울 벌판 같아
진정 너무 슬퍼서 고요한 바다 길
부둣가 펄럭이는 삼신깃발 빛발이
허연 눈물로 가슴에 독하게 쌓인 한
용오름 물기둥 세워
하나 뿐인 천상 가는 길을 열었네
영영들이여!
원망의 生死를 묻지 말고 예쁜 모습
그대로 가자
그 길 따라서 가자

눈물이 질펀하게 젖은 이승 내려놓고
멈추지 못할 심장으로 몸을 녹이며 위로하자
우리가 잡던 손의 온기를 세상에 전하며
웃음이 따뜻한 그 곳으로 가자
바람 불어도 자유로이 날수 있는 곳
눈비가 와도 꿈이 젖지 않는 진실한 나라로
얼기설기 사나운 결박 풀어헤치고
평화롭게 화사한 오색 길 걸어 돌아가자

흔들리는 세월의 배에서 내려
몸과 마음이 가벼운 영혼으로 천도하자

심 명 숙

■ 팽목항에 영혼들의 승천을 위해 세워진 삼신깃발

■ 사고 백일 팽목항에서, 아직도 천도 길
을 찾지 못한 영혼들을 위해 기도하면서

가슴에 채우겠습니다!

가슴 태우는 아침 눈빛 속으로 스며오는 아쉬움
지평선 끝에 후회는
이미 떠난 빈 항구로 쓸쓸히 돌아오고
반짝반짝 뛰어오르는 은빛 물고기 몸부림이
가슴에 찬 서리로 맑게 고이는 눈물입니다

이별하기엔 아직 서툴러
서로의 마지막 손끝에 따뜻한 체온이
떨리고 무섭기만 합니다
갈매기 날며 떨구는 눈물은
다 못한 부부 인연의 슬픔입니다

남겨둔 사랑을 위해
쓰다만 인생의 노트를 위해
잔잔한 물위로 걸어오시면 좋겠습니다
만약 오지 못할 곳이라면 떨리는 손들어
아쉬운 이별인사로 남겨 두겠습니다
한 세월 뼈저리게 살다 가신 엄마의 숨결이
바다 깊이만큼 슬퍼집니다

밤낮으로 기다림이 저려
노란 붕대로 감은 상처가 아물지 않아도
세월이 새하얗게 부서져도 천지간 인연을
가슴에 고이 채워두겠습니다

심 명 숙

■ 모두가 한마음으로 기도하는 팽목항

제4부 **하늘나라 우체통**

하늘나라 우체통

팽목항 끝으로 가보셔요? 등대 앞에 설치된 빨간색의 '하늘나라 우체통'을 만나실거에요.

우체통은 천상에서 보아도 한없이 넓은 길, 참 먼 길에서 오더군요. 고귀한 사람들의 정성이 담겨 왔습니다.

우체통은 표연한 마음을 지닌 행자(行者) 같아 보입니다.

길 떠난 우체통은 난세를 이야기하고 있습니다.

안전하고 새로운 나라를 건설하자는 의지를 담았다고 하네요.

옆에 새겨진 비원(悲願)의 메시지, '슬퍼하지 마라, 이제부터 시작이다.'

의연하게 들리지만 세상을 향한 절규겠지요. 피를 토하듯 아프군요.

그러나 '시작이다' 라는 문장에 특별한 의미를 두겠습니다.

탈진한 마음을 편지에 토로하다보면 영혼이 안정을 찾을 것 같아서요

황망하게 떠나느라 이별의 말도 남기지 못한 채, 그렇게 갈라 진 생이별…

우체통엔 그 고통의 심정이나 또는 위로의 내용으로 가득 채워지겠지요.

때론 무겁고 때론 즐거운 고락을 표현하며 서로가 치유의 시간이 되길…

보고 싶고 그리운 이들… 하늘나라 우체통이 열리는 날

우리는 이 곳, 하늘나라, 호숫가에 앉아 편지를 읽겠습니다. 다 읽은 사연들은 하나씩 별이 되어 지상의 어둠을 밝힐 것입니다. 그것이 새롭고 순수한 새 삶의 탄생임을 믿어 주십시요.

주 - 진도군 교화연합회와 사단법인 하이패밀리(대표 소길원 목사)가 참사 100일 맞아 팽목항 등대 앞에 하늘나라 우체통을 설치, 애도행사를 가짐

최 윤 정

천상에서의 제1신

천국!

어느 날, 잠에서 깨어 세면대의 거울을 보니 우리에게도 날개가 생겼어요. 어깨죽지가 약간 따끔거릴 뿐 이었는데 오체가 변화 되었어요. 드디어 영혼(靈魂)을 담게 되었으니 많은 축하를 받았지요. 이제 고통스럽던 궤적을 쫓을 필요는 없어졌어요. 그 때의 감정이 어떻게 어디로 지나갔는지는 모르겠지만 정적의 우주 속으로 빠르게 지나가는 것을 보았어요.

우리의 신분은 아직 학생이기에 기본 덕목인 사랑을 전수받고 있으며 천사로서의 행동을 배우고 있어요. 천국! 이곳은 멋지고, 놀랍고, 훌륭한 세상이어요. 인간이 가질 수 없는 특별한 행복과 성스러움으로 가득 찬 가치관의 세계는 너무도 아름다워요. 주위엔 한결같이 고요한 파장이 흐르고 그 여운은 신성한 마음을 부여하지요.

아침에 눈을 뜨면 가끔 감각의 착오인지, 허위의 현상인지 어느 누구의 딸일지…? 아들일지…? 또는 이처럼 외로울 수가 없다는 생각도 들지만 그것은 영혼(靈魂)이 영(靈)적 수순을 밟는 과정이라 들었어요. 우리들의 여정은 귀한 순례로 여겨질 만큼 성스러운 곳으로 가는 중이어요. 업이 정화되어 성숙함을 얻게 되는 하늘의 일상일 뿐입니다.

최 윤 정

우리들의 아지트

오늘따라 지루한 수업, 종소리가 반갑다.
"떡볶이 먹으러가자 친구야 까짓것 내가 한턱 쏠게"
환호소리도 대답도 없다
그래도 의심하지 않고, 초록바람 진한 늘 그 길을 걸었다.
친구의 발자국 따라 걸었다.
감성에 젖는 달빛은 없어도 친구 얼굴이 예쁘게 보이는
희미한 전등이 시공간을 하나로 만드는 곳으로…
고운 풀벌레 울지 않아도 귀청이 덜렁이는 친구들
웃음소리 명랑하던 곳으로 갔다
가슴 떨리게 하는 남학생 이야기를 털어놓고
얼굴 붉히던 우리들의 아지트,
너의 비밀이 떡볶이 매운맛으로 흘러
콧등 주근깨가 솔솔 쏟아져 고소하던 웃음은
우리들의 건강한 행복이었고,
수업 끝나면 습관적으로 뛰어가던 힘은
우리들의 미래였다.

둥지 새들처럼 기다리며 꼴찌로 뛰어가면
웃음으로 핀잔주던 떡볶이 멤버,
"기다리자!"
썰렁하게 물 컵만 덜렁 놓인 내 친구자리
어디쯤 오고 있을 거야
친구가 좋아하는 토스트 한 조각으로
눈물을 닦아 보자

■ 승희와 친구들이 자주 가던 학교 옆 분식집은 시끄럽게
수다를 떨던 아지트였다.

그래도 보고 싶은 너의 미소가 그립다
차라리 우리가 좋아하는 비라도 왔으면 좋겠는데
더 높아진 하늘엔 하얀 구름이 날개를 펴고 웃는다.

'친구야 못가서 미안해,'

심 명 숙

선생님 – 쌤…! 들리세요?

"선생님 빨리 나오세요!" 제자들은 외쳤습니다. 선생님의 그 영묘한 힘을 조금만 더… 조금만 더 내달라고 빌었지만, 하늘이 원망스럽고 안타깝습니다.

'인간의 본성은 선과 악이 혼재 한다'고 합니다. 이타심(利他心)이 아름다운 이 시대의 우리 선생님들께 만약 악성(惡性)이 조금이라도 존재한다면, 엉덩이에 난 뿔들을 잘라 주세요. 아니, 제멋대로 엉덩이에 뿔난 사람들의 운명을 주관하시면 더 좋겠습니다.

제자들은 미안하고, 감사해하고 있습니다. 나 때문에… 우리들 때문에 끝내 선생님은 나오지 못했다는 은혜가 사무칩니다. 하지만 선생님은 오히려 제자들이 살아줘서 고맙답니다. 대신 훗날 선생님이 비워둔 자리에서 선생님 몫까지 열심히 살라고 하십니다.

"선생님 약속 할게요. 지켜봐주세요. 아무리 세상의 물살이 사나워도 건강하고, 굳센 마음으로 선생님의 제자가 되겠습니다." 하얀 국화꽃 속에 묻힌 우리들의 영원한 선생님, 참 멋지십니다.

쌤… 들리세요? 보고 싶어요! 엄청 예뻤어요. 이젠 힘들지 마시고, 다치지 마세요. 천국이 멀다 하던데, 벌써 우리가 보낸 편지 받고 좋아서 웃고 계시죠?

심 명 숙

하늘을 봐 −선생님 답신

그래, 눈물에 젖었는지…
바람이 가져다준 촉촉한 편지엔 알록달록한 얼굴들
아픔을 씻어주는 청량한 물처럼 흐른다
친구들 잘 지내고 있다니 기쁘다
우리 인연은 헤어진 그 날로 영원하다고 하늘이 정하였지
그것이 사랑하는 사람들의 마음이라고…
열심히 공부하다, 하얀 구름 흘러가거든
뛰어나와 하늘을 봐,
너희들과 추억이 얼마나 아름다운지
아팠던 이별이 천지에 꽃으로 피었단다

오늘밤도 내가 보고 싶거든 남쪽하늘을 봐줘
반짝반짝 밝게 빛나는 별
어쩌다 선생님별이 안보이면 또 편지 써줄래?
그래도 그립거든 가슴에 손을 대고 크게 불러봐
선−생−님−
이젠 너희들 세상에는 밝고 맑은 물결이 출렁 일거야
서로를 위해 기도하며 위로하자
그리고 보고 싶어도 슬퍼하지 말자
그리운 나의 제자들아!

심 명 숙

낙서

헐! 뭐야! 교실 문을 열고 들어서자마자 깜놀 했어.

애들아! 칠판위에 가득 찬 낙서 말이야. 어떻게 알았냐구? 아무도 모르게 학교에 갔더랬지.

왜냐하면 너희들이 나를 만나게 된다면 진짜 더 깜놀 할 것 같아서 말이야…

생각을 해 봐! 새의 깃털을 닮은 날개를 달고 하늘을 날 수 있는 친구를 상상이나 했겠니?

그래… 이제 천국의 시민이 되었어. 그런데 이곳에 와서 가장 좋은 점은 지옥에서 조차 입시는 없다는 거야, 그런데 왜 입시지옥, 입시지옥 하는 건지…

천국에도 물론 학교가 있어. 그러나 배움의 차원이 달라.

1교시 - 천사의 깃털 다듬기 (우리는 서로의 깃털을 청금석(靑金石)으로 만든 빗으로 부드럽게 고르지…),

2교시 - 천사의 운동법 (몸을 먼지처럼 가볍게 해, 쉽게 지상으로 내려가는 법을 배운다)

3교시 - 천사의 변신(몸의 외모를 바꿔 아무도 모르게 사랑하는 사람들 곁으로 가는 법)

어때? 정말 부럽지 않니? 물론 영원히 너희들 곁에 있을 수 없다는 것이 흠이라면 흠이지.

여기까지가 천국 고등학교의 초급반 과정이란다.

나 좀 봐! 그래 칠판 위의 낙서 말이야… 가득채운 메시지들…

하나하나 다 세세히 읽었단다. 보고 다시보고 또 다시 읽었어. 이제 누구의 글이, 어느 쪽에 있는지 다 외울 정도란다. 애들아 정말 고맙다! 이번 일이 너희들의 평범한 삶을 바꿔 놓았지만 깨끗하고 도덕적이고 안전한 사회를 만들고 자유가 샘솟고 선한 에너지로 가득 채워질 것을 믿는다.

애들아 절절한 너희들의 글처럼 정말 나도 보고 싶다. 뼈가 시리도록 보고 싶다. 알지? 그리고 진심으로 사랑한다는 것 믿어 줘⋯ 다시 또 편지 보낼게⋯ 안녕 친구들아⋯

우리 다시 만나 / 꼭 와라 / 사랑해

우리 맛있는 것 먹자 / 그 때, 필기한 것 안 빌려줘서 미안해

살아만 와! 내가 갈비뼈가 으스러지도록 안아줄게, 또 옥수수 쏟아지게 뽀뽀도 해줄게

좋은 영화 하는데 안 볼 거야 / 진짜 너 그럴 거야?

눈물 흘리고 있는 거 아닐 테지? / 어디서든 씩씩해야 해

오늘따라 더 보고 싶다 / 아프지 마라

왜? 소식이 없는 거야, 왜? 핸 폰 안 받는구나 맞을래⋯?

자슥⋯ 의리도 없이 연락도 안 하네 / 자주 드나들던 분식집서 하염없이 기다렸어

사실 니가 좋아하던 그 아이 나도 좋아 했어⋯ 돌아온다면 쿨 하게 포기 한다

어른이 되어도 친구로 옆에 있겠다던 약속⋯ 어떻게 된 거야

변함없이 넌 나의 베스트 프렌드? / 피자 사 줄게, 치킨 사 줄게, 그래도⋯

너의 그 몹쓸 애교, 궁둥이 내밀고 흔드는… 다시 볼 수 있겠지?
열 셀 동안 안 오면 죽는다
좋은 말 할 때 와라 제발 친구야

注 : 깜놀 - 깜짝 놀랐다는 우리들의 은어입니다.

최 윤 정

엄마

엄마를 생각하면 하늘에서도 우리는 죄인입니다.
우리 없는 세상 살지도 죽지도 못해 몸부림치는….
엄마의 정신은 땅에서 가장 위대하다고 생각했는데 그리 쉽게 무너지기도 하는군요.
엄마는 자신의 몸이 씨줄이면 우리를 날줄로 생각하는 것 같아요.
그 철저하게 밀착 된 관계를 어떻게 표현하면 좋을까요…
헌데 시간이 지나면 지날수록 그 느낌과 감정이 사무쳐요.
지상에선 그냥 본능적이었다면 지금은 그 정서적 감정이 더 깊고 섬세해져요.

■ 팽목항에서

엄마! 오늘도 몇 시간을 누운 채, 온통 자식 생각뿐이군
요. 먹는 것도 마시는 것도
　그냥 습관적 과정일 뿐이어요. 세상이 쓰니 입맛도 쓰고,
현실이 야속하니 마음속도 싸늘해요
　엄마에게 자식이 없는 세상이란 허깨비살이와 같군요.

　엄마! 우리는 작은 씨로 와, 새로운 땅에 묻혔답니다.
　싹이 트고 잎이 나고 꽃이 피면 새롭게 태어날께요.
　우리들의 희생이 결코 단순한 슬픔만은 아니라는 걸 믿어
주셔요.
　어쩌면 이번 일로 이해도 용납할 수도 없는 불완전한 땅의
세상이
　변화할지도 모르잖아요. 그래서 저는 믿으려고 해요!
　"여자는 한없이 약하지만 엄마는 강하다."
　아… '어머니'라는 이름 앞에 붙는 마력적인 힘, 그 진리
를 믿겠어요.

최 윤 정

소년의 편지

나 말이야, 조금 멋쩍다. 내 책상에 있던 좌우명 "공부 열심히 하기" 말이야.

수학여행 떠나 온 날, 인사도 못하고 헤어진 아빠에게 약속을 실행하지 못하게 된 것이 너무 죄송해. 사실 검도 유단자에 체육학과 지망이었지만 공부도 잘한다면 금상첨화 아니겠니?

그런데 나 같이 담이 무거운 놈에게도 공포의 순간이 올 줄 몰랐어, 그래도 침착해야 했지.

배는 기울고 내 옆에서 친구가 안타깝게 울고 있었어. 순간 의리와 정의로 똘똘 뭉친 내가 가만 있을리 없잖아. 난 구명조끼를 확 벗어 던져 그 친구에게 주었지.

그리고는 다시 물속으로 몸을 던졌어.

또 다른 친구를 구하기 위해서야, 난 선행이 몸에 밴 학생이거든. 덩치에 안 맞게 애교도 많고 싹싹도 했고 … 사실 검도에서 배운 슬기는 남을 공격하기 위한 힘이 아니라 상대방을 지켜주는 것에 더 의의를 두거든. 진정한 용기가 어떤 것인지 보인 나! 진짜 멋진 친구지?

그리고 나를 짝사랑하던 착한 애, 그 아이가 만든 노랫말, 그 곡 여기서도 열심히 듣고 있어, 그 때마다 열일곱의 영혼이 흔들리고 있지, 나 여자에겐 더 할 수 없이 약하거든, 그렇지만 사실 내 영원한 첫사랑은 나의 부모님이야. 미안해. 그런데도 너의 유려한 노래는 나의 혼을 앗아가려 해! 너의 달콤한 노래는 신비한 힘으로 내 마음을 치유하고 있어, 네 노래는 청순한 헌신을 말해, 그럼에도 네 앞에 나서지 못하고 먼 세상에서 응원 할 뿐이다.

　미안해 친구야… 부디 네 노래의 가사는 진실과 진리와 성실을 담아 이 세상을 평화롭게 하길 빌께… 고맙다 친구야…

최 윤 정

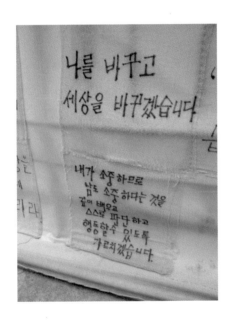

부모님 전상서

울지 마셔요 아버지
이제 인연의 다함이 온 것 같아요
내 몫의 무거운 꿈을 깨고 어디론가 가는 군요
목숨 이어가겠다는 생각을 접고
해풍에 이는 파도소리만 들었어요

그런 후,
내 뜨거운 가슴을 열어 갈비뼈 하나라도 친구와 나누어
야 했죠
진정한 사나이, 끈끈한 우정이 아름다워요

울지 마셔요 어머니
눈시울이 뜨거워지고 가슴이 저려 와요
그 뼈와 살을 받았으니 그 지극한 사랑을 녹여
하늘에 닿아 천국의 문(門) 열겠어요

눈부신 햇살이 먼저 맞이하네요
인사도 못하고 떠나 온 그날, 천년, 만년의 긴 여행입니다
다시 태어나도 눈물처럼 뜨거운 천륜으로
아들이 될께요

아버지 어머니 부디 안녕히 계셔요
주 - 동아일보 2014년 5월 19일 기사 / 단원고 2학년 정차웅군의 이야기

최 윤 정

싸인 도착했음, 오버 —나의 수첩, 나의 버킷 리스트—

애들아! 오늘 내 수첩이 공개되었더구나, 천상으로 오며 "Kick the bucket"!

이 말을 그대로 직역해, 꿈꾸던 소원, 짧았던 생애, 이룰 수 없게 된 희망사항, 뻥 차버리기로 했었지. 그러나 내 잘못은 아니야, 다시는 되돌릴 수 없는 상황이었으니…

누구의 잘못인지도 모른 채, 나의 영혼은 하늘로 가고 있었어… 다 적지 못하고 만 내 수첩을 곁에 두고도 가져 오지 못했어. 그렇게 다시 시작한 천상에서의 생활이야.

잊으려 했지만 아직도 지상의 슬픔이 사막의 모래처럼 가슴에서 지분거려,

그럴 때면, 언제나 나를 잠에서 맑게 깨우던 그들의 음악이 그리웠어. 그 귀한 대한민국의 아티스트들에게 화려한 싸인도 받고 싶었지. 오죽하면 생전에 내 첫 번째 버킷 리스트에 올랐겠니. 그런데 놀랍게도 오늘 그 귀한 선물을 받았단다.

소원이 이루어진거야! 그것도 20여명의 나의 히어로들이 보낸… 아름다운 흔적들…

나는 천국의 나무 그늘에 앉아 그들의 싸인을 하나하나 꺼내보고 있어

그리고 보석이라도 되는 양, 조심스럽게 어루만지고 있어. 히어로들은 비밀을 이야기 하듯,

싸인속에 그들의 속삭임도 함께 보냈어.

"미안하다! 대책 없이 너희를 보낸 것이…"
"대한민국 국민 모두는 공동책임에 대해 공감해, 영원히 잊지 않을게…"

짧은 말이지만 너무도 많은 내용을 내포하고 있어, 너무도 열망했던 만남, 꿈만 같은 것 있지… 예술성 높고 친절한 그들의 음악은 이제 내 귀에서 황금처럼 반짝여. 이런 일이 놀랍지 않니! 이곳이 지상과 교신이 되지 않는다고 생각하는 건 큰 착각이란다.
"아이 러브 뮤직, 오늘 사랑과 믿음을 싣고 그들의 싸인 무사히 도착했음 오버!"

천상의 나무 그늘은 숨기에 좋아요
가슴에 와 닿는 손길 혼자만 느껴요
그대의 노래는 하루 내내 나를 설레게 해요
난타의 느낌은 나의 날개까지 떨리게 해요

하늘에 닿아서야 이루어 진, 소박한 소원
이 평화로운 자유, 가장 복되게 이루어진 꿈,
영원히 천국의 기념비가 될
나의 수첩, 나의 버킷 리스트

주 : <Kick the bucket> "양동이를 걷어차다" 또는 "삶을 마감하다" 라는 뜻. 그에 유래해 '버킷 리스트'는 죽기 전 꼭 하고 싶은 것을 수첩에 적어 놓는 것을 말함.

최 윤 정

'놀러 와' 분식집

그립던 고잔동 거리, 참으로 오고 싶었고 다시 걷고 싶은 곳이었습니다. 그중에서도 제일 가고 싶은 곳은 역시 '놀러 와'이지요. 그동안 안녕하셨는지요? 언제나 친절하고 자상하신⋯ 엄마처럼 다정한 아저씨, 아주머니⋯ 무엇보다도 잊지 못하는 것은 두 분의 손맛입니다. 아직도 우리의 침샘을 자극하는 잊지 못하는 그 음식들, 매콤한 떡볶이, 달콤한 맛이 가미된 오묘한 맛의 토스트, 대포 알만한 푸짐한 주먹밥, 쫄면, 김밥, 라면 등 등 그래서 우리가 생쥐 곳간 드나들 듯 했었지요.

그 어느 곳보다 우리들을 향한 깊은 애도의 물결이 넘치던 곳, 노란 리본도 그리고 걸어 두었던 제 詩도 이제 거두셨네요. 잘하셨어요. 제 시(詩) 마치 예언이라도 한 듯, 바다 위, 슬픈 한 척의 배 말이어요. 나도 모르겠어요. 왜 그랬는지⋯ '항해'라는 시제를 놓고 나의 마음의 모양은 생기가 넘치기보다는 어떤 위험이 감지됐고 비극으로 글을 써내려가고 말았습니다. 그 詩가 어떻게 분식집 '놀러와'에 남게 되었는지도 이미 알고 있어요. 아빠가 다녀 가신거 알아요. 내가 떡볶이를 먹고 토스트를 주문하던 바로 그 자리에서 아빠는 목이 메여 우셨습니다. 그리고 한참을 그곳에 계셨지요. 집으로 가실 즈음에야, 아빠는 두 분께 신분을 밝히셨고 복원한 제 핸드폰에 담긴 詩를 공개하셨습니다.

불쌍한 아빠, 그곳에서 저의 체취를, 또 저의 흔적을 느끼

셨는지요? 딸의 신체나 윤곽을 그림자로도 알아보시는 분, 그러나 마음속에 깊이 묻어 놓고 추억 속에서나 잠시 꺼내 봐야만 하는군요. 신(神)은 인간의 운명 위에 축복은 물론 재앙도 함께 제시해 놓았으니 어찌하겠어요. 그러나 이제 너무 슬퍼하지 마셔요. 이 후에도 저는 분식집 '놀러와'를 자주 찾아 올 것이고 이곳에서 엄마, 아빠를, 친구들을, 또 나를 만나고 싶어 하는 사람과 반갑게 만날 생각입니다. 잊지 않고 다시 찾아오겠습니다.

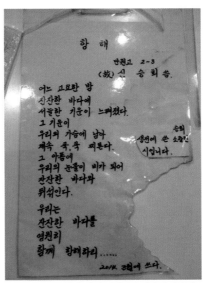

■ '놀러 와' 분식집 앞에 붙여졌던 신승희 학생의 시(선생님이 써서 붙였다고 함)

항 해

어느 고요한 밤
잔잔한 바다에 서늘한 기운이 느껴졌다
그 기운이
우리의 가슴에 남아
계속 쿡, 쿡 찌른다
그 아픔에
우리의 눈물이 비가 되고
잔잔한 바다와
뒤 섞인다

우리는
잔잔한 바다를 영원히
함께 항해 하리…

주: 詩 '항해'는 단원고등학교, (故)신승희 햑생의 시입니다. '놀러와' 분식집
은 학교 앞에서 6년째 영업중
평소 아이들의 아지트를 찾았을 때, 친절하고 따듯한 마음의 주인 두 분이 만
들어 준, 떡볶이와 토스트의 맛을 잊지 못함.

최 윤 정

꽃들이 알고, 바람이 알지

집 떠난 뒤 기다리며 울던 세월
꿈속에서 만날까 눈을 감아 보지만
작은 기척에 놀라 뛰어나가면
자꾸만 멀어져가는
아들의 뒷모습
후줄근히 젖어드는 외로움은
너의 눈물이런가
홀로 주저앉은 새벽달 아래
사무치는 한기에 몸이 떨려도
가슴이 뜨거운 설운노래
부르는 밤마다
허공에 날리던 꽃잎의 시린 사연을
바람은 알지
그 바람이 남쪽바다에서만 불어오던
봄날의 기억이 이슬에 젖어도
꽃들이 알고, 바람이 알지

심 명 숙

제5부 천상의 노래

친구야 고마워

친구야!
미안하다 말하지 말고, 죄송하다 말하지도 마,
어려움 속에서 용기와 투지는 우리들 자랑이야
강하게 자신을 이겨내 주어서 고맙다
너는, 역시 내 친구야

어느 날 문득, 그 고난이 환시(幻視)처럼 떠올라
내가 생각나 그립고 서러울 때
소리 내어 울어라 내가 보고 있을게
우리가 친구라는 것이 언제까지나 자랑이면 좋겠다

친구야 우리 이별은 뜻밖이지만
보고 싶을 때, 마음을 위안할 수 있는
추억의 비밀장소 알고 있지?
그 분식집에 찐하게 써서 감춰 두었잖아
"얌마 우리는 친구다!"라고…
멀리 있어도 늘 곁에 있는 듯, 생각해 줄래?

아! 짜식 디게 보고 싶네
친구야! 살아줘서 고맙고 기쁘다
그리고 사랑한다

천상에서 너의 좋은 친구가…

심 명 숙

■ 훨훨 하늘로 가자

난 괜찮아

길에서 길로 이어지는 우주의 한 귀퉁이 작은 선물 보따리 같은 국토에는
지금쯤 새로운 봄바람이 불겠죠?
누대의 헐벗은 노래가 동해 푸른 물로 일렁이며 쩌렁쩌렁
물레방아처럼 돌아 푸른 하늘에 만세 문이 활짝 열린 나라 '대한민국'
저는 그런 대한민국의 비밀번호를 알고 있는 아들입니다.
공상을 즐기는 명랑한 말썽꾸러기가 센티(sentimental)해지면 하늘에
별을 보며 꿈꾸는 감각이 뛰어난 악동이랍니다.
어느 날 방향을 잃고, 깊은 계곡을 빠져나와 막혀버린 길 위에 슬픈 피에로가 되고 말았습니다.
고향의 친구도 따뜻한 엄마아빠 향기도 모두가 그리워요
불효자는 밝은 낮에도 부모님 한숨이 서려 뿌연 가슴에는 '대한민국' 주소만 선명합니다.

나라님들, 부모님들 안녕하시죠?
귀천이 평등한 자부심으로 행복한 삶을 추구할 수 있는
대한민국이 좋아요
배우를 꿈꾸는 잘 생긴 친구, 자기가 똑똑하고 잘난 줄 아는
친구 녀석은 정의를 바로 세우는 정치가가 되겠다고 했어요,
제가 봐도 훌륭한 정치인이 될 것 같아요. 친구들의 꿈을

위해

곳곳에 잘못된 이정표를 바로 세워 주세요.

이정표를 바로 세우고, 돌출된 땅을 고루는 일은 앞으로 우리가 할 일인데 일찍 떠난 것이 아쉽고 죄송합니다.

친구들과 동생들 발이 걸려 다칠까 걱정입니다.

우리는 다 알고 있습니다.

무엇이 진실이고, 누가 잘 하고, 잘못하는지 알고 있습니다.

우리 대한민국 잘 부탁드립니다.

<대한민국의 아들이 천국에서>

심 명 숙

■ 꽃 실은 하늘나라 우체통

천상에서 온 편지

아마도 아이들은 다른 세상에서 새롭게 태어 난 것을 지상에 알리고 싶었나 봅니다. 다시 부여 받은 천상의 삶도 살아볼 만한 가치가 있다는 것을 말하고 있잖아요. 짧은 생의 아쉬움은 눈물처럼 슬프지만 세상에서 어지럽게 펼쳐지는 논란의 여지를 오히려 잠재우고 싶었던 것 같습니다. 성숙한 인격체가 되었으니 친절하고도 섬세한 글로 비탄에 빠진 세상을 위로하리라 상상합니다. 책임을 회피하고 비난하며 마치 이념논쟁을 벌이듯 시끄러워진 지상의 촌극이 끝나길 소원했던 것이지요, 아이들은 이미 슬픔을 딛고 찬란한 세상의 시민이 되었습니다.

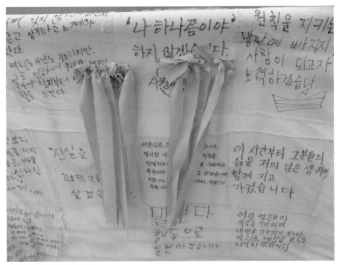

■ 자책과 반성의 맹세도

어머니, 아버지여, 아이들은 잘 있을 겁니다. 완벽하도록 충실하고 서로 따뜻하게 배려하며 깊은 감동의 세계를 만들며 살고 있을 거예요. 여전히 재미있는 일이라면 탄성을 지르며 호들갑을 떨고, 못 말리는 호기심과 적극적인 성향은 변함이 없겠지요. 아이들은 가끔 전생의 기억을 떠올릴 때도 있을 것 같아요. 그럴 때면 서슴지 않고 몰래 지상으로 스며들겠지요. 푸른 달빛이 되어 열린 창문으로 들어오거나… 바람이 되어 부드럽게 나뭇잎을 흔들거나… 작은 낙엽이 되어 슬쩍 제방의 구석으로 숨어들거나… 눈(雪)이 되어 전생의 가족 누군가의 손위에서 눈물처럼 녹거나… 먼지가 되어 엄마의 젖가슴에 앉기도 하겠지요. 그 방법이 어찌나 다양한지 감탄을 머금을 정도예요. 원래 놀랍도록 창의적이고 기발한 아이들이잖아요. 엉뚱하고 영리하며 쾌활한 아이들이였으니 이런 상상을 다 해 봅니다.

최 윤 정

닻을 내리겠어요

다시 긴 인연 맺으려 항해하던 길 멈추고 회향할래요
적막광경에 눈물바람 치는 바닷길에서
마음속 만겁을 아무리 찾아도 짧은 인연
아침 대문열고 인사 한마디로 떠난 길이
해질녘 벌판에 슬픔에 지친 약한 꽃이 되었지만
어두운 터널 속 한 점 빛으로 웃어요
봄눈 위에 발자국 상심으로 녹아 흐른 물은
아름다운 천국의 꽃으로 피기 위한 눈물이었어요.
그 눈물 우리 가슴에 영원한 신의 빛으로 발하기 위한
고통이었어요

잊지 말아 주세요
물결에 아득히 휩쓸리다 절벽을 타고 오르는 거센 파도
어디서 멈춰야 할지 기다리다, 결국 서풍에 부서진
거품의 기도를…
빛을 잃은 언덕에 꿈꾸며 날던 나비의 눈물이
풀잎에 이슬로 맺힌 사연을 잊지 말아주세요
남풍에 돛을 올리고 밝고 따스한 꿈을 꾸며 살고 싶어요
꽃망울 터트리는 훈훈한 인정을 보답하기 위하여
원망과 슬픔의 항해를 멈추고 닻을 내리겠어요.

그리운 모두를 유혹할 만큼 빛나는 별이 되기 위해
달 밝은 둔덕에 영혼의 닻을 내리겠어요

심 명 숙

천사들의 소원

하늘의 푸르름, 아침의 태양과
석양의 찬란함이 쏟아지는 그 곳
성스러운 의미의 기쁨이 가득하며
따뜻한 인정과 깊은 애정이 섞여
슬프고 아픈 이들을 다정하게 위로하는

광장의 그 날이 오면

수십 년 후, 먼 미래까지
세월의 불운이 낯 뜨거운 화제가 되지 않고
대립을 위한 장이 아닌
서로 예의에 어긋남이 없는
이성적 논리가 뜨겁게 녹아지는

광장의 그 날이 오면

사려 깊은 의인들이 모여
하고 싶은 말보다 서로 듣는 귀가 열리고
그 사랑의 마음 밭 이해하고 차지 해
불행을 감수한 꿋꿋한 국민들의
민족애와 우애와 인간애가 출렁이는

광장의 그 날이 오면

단식 앞의 폭식, 곡해와 오해,
견고한 악의적 징표들과
녹일 수 없는 감정들이 상징하던
유색 무색이 섞이어 혁신적인 소통을 이루고
건강한 견제가 후대에 전설로 남는

광장의 그 날이 오면
광장의 그 날이 온다면 …

최 윤 정

벼리의 이별

푸른 벌 가로질러 아름다운 은하수 강가 벼리의 집
무지개다리 건너 봄꽃 화사한 그 곳에 벼리가족의
그림 같은 집이 있었대요.
맑은 바람 경쾌하게 속삭임 행복한 숲으로 가던 길에
안개 어지러이 쌓인 해역으로 가득 들어오는 썩은 물이
오빠 손잡고 뛰며 가던 길을 거칠게 막아 손을 놓쳤어요
홀로서서 어리둥절한 여섯 살, 벼리는 험한 길에서
엄마아빠 그리고 오빠와 이별의 손을 흔들며 울었어요.

아가는 엄마냄새 그리워 눈물 나는 밤이 추워요
"엄마 보고 싶어,"
엄마 기다리는 긴 하품이 가여운 눈에
그렁그렁 고인 설움이 방울방울 떨어져요.
벼리의 밤은 날마다 높은 은하수 강가로 향해요
끌어안은 두 뺨에 따갑도록 부비다 아빠웃음에 깨어나면
동녘 하늘에 반짝 반짝 오빠샛별이 반가운
벼리 얼굴에는 미소가 밝아요.

벼리야!
차가운 북풍 막아주는 태양은 아빠의 믿음이다
추울 때 엄마 품에서 꿈꾸어라 포근히 안아 자장가 부르는
엄마의 냄새란다.
봄이면 따스한 언덕에 새롭게 퍼지는 꽃바람은

네가 커가는 반가운 웃음소리이다
벼리야, 아빠태양으로 쑥쑥 자라서
엄마 품 속 초롱초롱하게 꾸는 꿈은 샛별과 함께
한 시대의 빛으로 반짝일 것이야,

샛별아 부탁해!

심 명 숙

■ 아빠와 엄마, 오빠하고 제주에 따뜻한 보금자리로 이사를 가던 벼리(권
지..)가족이 사고로 희생되고 벼리만 구사일생으로 살아 나왔다.(2014년 4월
16일 구조)

학교에 가다

　한 여름의 깊은 밤, 자정을 보낸 조금 후였지. 아니면 새벽일지도 모르겠어. 천상의 시간이란 흥미롭게도 불멸의 능력을 가지고 있어 굳이 숫자를 통해 알려고 하지 않거든. 갑자기 우리는 그 멈출 줄 모르는 세상을 향한 그리움으로 결국 지상 나들이를 감행했지.

　정적만이 흐르는 길, 이제 낯선 곳이 됐다는 것 때문에 참으로 슬프더라. 우리는 천천히 걸었어. 왼쪽 길 건너 체육센터가 보였고 문방구, 세탁소, 분식집을 거쳐 교회를 지나치자 드디어 학교가 보였지. 가슴이 뛰었어. 뛰는 짐승처럼 심장이 뜨겁던 곳, 제법 고뇌도 하던 곳, 그러나 이제 다 부질없는 한 편의 과거일 뿐… 그런데 꼭 2학년 교실에만 환하게 불이 켜져 있는거야. 이상하게도 그 불빛에선 돌아 온 탕자를 맞이하는 아버지의 두툼한 손처럼 온기가 느껴졌어. 알고 보니 희생자 모두가 바다에서 무사히 돌아올 때까지 불

■ 단원고등학교 전경(안산시 단원구 단원로 5)

제5부 천상의 노래　*123*

을 끄지 않기로 약속을 했더구나.

　우리들이 평소 생각했던 빛의 의미는 행복과 환희였지. 그러나 불을 밝힌 이유를 알게 되자 갑자기 느낌이 달라지는 거야 … 온기로 다가오던 느낌이 순간 고통과 아픔의 몸부림으로 바뀌고 마는거야. 그래도 외롭지 않았어. 고마워 … 만약 어두운 교실 문을 열었다고 생각해 봐! 천사인 우리도 눈의 시차가 돌아 올 때까지는 헤매는 게 당연하거든.

　우리는 각자 헤어져 자신들의 교실로 가, 책상에 앉아 보았어. 그곳엔 흰 꽃이 놓여 있었지. 너희들이 남겨 둔 우정의 메모도 읽었어. 고맙더라. 그 중, 영원히 잊지 않겠다는, 그 말 때문에 잠시 숙연하기도 했어. 그런데 참 이상도 하지 … 그렇게 짜증나던 공부가 왜 이리 하고 싶은 거야. 다시 시작한다면 최선을 다 할 것 같아. 애들아 ! 부탁이다. 그 무서운 트라우마에서 빨리 벗어나 공부 열심히 하자! 극복하고 일어 나 줘! 그리고 다시 행복한 그 때로 돌아가줘!비록 생(生)과 사(死)라는 마(魔)의 시험에서 서로 헤어지게 됐지만 그만큼 우리 몫까지 열심히 살아 주기 바란다.

　이것이 우리가 남기고 가는 우정의 함성이다. "친구들아 파이팅!"

　그리고 아직 돌아오지 않은 친구들, 무사귀환을 빌며 다시 "파이팅!"

최 윤 정

천국으로 이사하다

짐을 꾸렸습니다
끝내 땅을 떠나야 하나요
예민한 감정이 타버린 듯 꺼지네요
따뜻하고 섬세한 영혼마저 눈물을 흘려요
뒤에 남은 슬픔은 버려야 했지요
그곳의 빛을 따라 용서의 길을 따라
순순히 지친 날개를 펴야해요

머무를 수 있는 사람은 아무도 없습니다

짐을 풀었습니다
고난의 몸 쉬어야 하네요
새벽별과 함께 새 생명이 피어나요
지혜가 가득한 하늘에 장엄한 기운이 흘러요
저 앞 깊고 오묘한 진리로 들어가야 하지요
슬픔의 얼굴은 사라지고 진지한 소망이 생기네요
평온한 일상을 구하자 완벽한 축복이 내려요

돌아갈 수 있는 사람은 아무도 없습니다

최 윤 정

마사미(Masami)의 그림

어여쁘고 착한 소녀 마사미(Masami)!

할머니의 꽃과 함께 일본의 히로시마에서 온 너의 그림 우
린 서로 먼저 보겠다고 난리가 났었단다. 그림 속엔 국적과
나이를 초월한 순수한 우정이 담겨 있지. 더구나 주변사람
들까지 동참한 250개의 쪽지 편지, 읽으면서 따뜻한 위로를
받았단다. 사랑이 가득 담긴 이 편지들은 아픔과 혼란을 잊
게 했어. 아직은 낯설기만 한 천상의 시간을 풍요롭게 만들
어 주었어 하늘은 성스럽단다. 그러나 마음은 세상에 대한
미련으로 가끔 어둡고 쓸쓸하고 외롭지. 하늘의 모든 영혼
들은 불행한 연유로 온 우리들에게 새 생명의 의미를 부각
시키며 기쁨을 나누어 주려고 최선을 다하고 있단다. 친절
과 성의로 가득한 쪽지 역시, 의미가 깊은 메시지로 우리들
을 꿋꿋하게 서도록 했고 깊은 상처를 따뜻하게 달래주었어
정말 고맙다.

예술적 사유로 가득 찬, 아름다운 소녀, 마사미,

너의 그림은, 슬픔이 승화되어 사탕처럼 달콤한 위로로 변
화되어 천상으로 왔지. 이 그림에 우리들은 "초월적 사랑"
이라는 제목을 붙였지. 부모도, 형제와 친구도 아니지만 사
랑이 가능한 그것이 초월적 아니면 무엇일까? 마사미! 글과
그림, 쪽지를 보내 준 이웃들에게 감사하다 전해 줘! 모두에
게 진심 어린 우리들의 감동을 보낸다. 쪽지와 그림이 세상

을 울리고 있으니 반드시 좋은 세상을 만드는 초석이 될 거
야, 너는 작은 일이라 겸손해 하지만 고통을 나눈 성자의 손
길로 기억될 거야… 안녕,

이제는 친구가 된, 그리고 너를 사랑하는 영혼들로부터

최 윤 정

할머니의 꽃

이 꽃
이백 오십 송이 예쁜 꽃
바다건너 미풍을 타고 날아 온
더불어 솜씨가 뛰어 난
그 분, 두 손의 온기는 생애 눈물을 많이 흘려 본 탓

이 꽃
이백 오십 송이 눈물의 꽃
손가락 끝, 그늘에서 아프게 탄생 된
더불어 솜씨가 뛰어 난
그 분, 가슴의 온기는 은혜로운 달빛 아래 많이 빌어 본
탓

꽃아
어여쁜 꽃아
어른들이 버린 어린 영혼아
이제 사랑과 향기를 품었으니
노란 조기(弔旗) 아래 자유롭게 피어라
피안에 던져 진 마음 신성하게 채워
어두운 세상을 환히도 밝히 거라

최 윤 정

주: 일본 희로시마에 사시는 할머니께서 아크릴게이트 실로 직접 손으로 만든
250송이의 꽃을 보내왔다.

연인

세월호에 예쁘게 사랑했던 커플이 있었다는 것 누가 아시
나요? 언제나 승객들 일이라면 뛰고 보는 열혈 여 선원, 배
에서는 '여장군'으로 불렸다고 해요. 언제나 바지 뒷주머니
에 공구를 꽂고 다니며 수리할 곳이 있으면 바로 수리를 하
곤 했대요. 담요 같은 것은 한 번에 열다섯 장, 술 상자를 옮
기는 것도 기본이 두세 박스 였구요.

세월호의 침몰 당시 언니는 한 발짝만 움직이면 충분히
탈출할 수 있는 위치였다고 합니다. 그런데도 계속 승객들을
구하다 그만….

그녀의 남자친구 역시 만만치 않은 상 남자 중 상 남자였
죠. 불꽃놀이 담당이었다고 해요. 승객들은 그의 손에서 마
법처럼 펼쳐지는 환상적인 쑈를 무척 좋아 했지요. 대담하
지만 섬세한 기술이 필요한 일이지요. 그는 요리에도 뛰어
났구요. 기계에 대한 지식도 해박해 이름 앞에 '빌케이츠'라
는 별명까지… 친구들은 컴퓨터 조립 등 기계만큼은 그에게
기꺼이 맡기곤 했지요. 비용 절감은 물론 뚝딱 일을 해내는
솜씨를 절대 신뢰했기 때문입니다. 그러나 그 역시 4층에서
학생들을 탈출시키고 다시 3층으로 희생자를 구하러 내려
가는 바람에 그만…

의인(義人) 커플, 두 사람은 천상에 와서도 꼭 붙어 다니
며 애정을 과시해 모든 천사들의 부러움의 대상입니다. '빌
케이츠' 오빠는 '여장군' 언니를 위해 음식도 자주 하고 있

지요.

"어머니! 냉장고에서 자주 음식이 사라져도 모르고 계시네요?"

특히 곱창과 묵은지 말이어요." 당연한 일입니다. 지금 그런 것 챙기실 겨를이 없으시지요.

가슴은 녹슨 양철처럼 조그만 흐느껴도 부서져 내리고 머리 위로는 얼음처럼 냉기가 흐르시네요. 그러나 빌 케이츠 오빠의 어머니 그리고 여장군의 어머니, 염려하지 마십시오.

오빠와 언니 곧 결혼을 합니다. 준비는 아무 문제없이 진행 중이예요. 다시 돌아 가, 지상에서 식은 올릴 수 없지만, 그런 약속은 절대 할 수 없지만… 노란 리본의 물결 속에 예복을 입은 두 사람을 상상하시며 기뻐해 주셔요.

대신 우리 단원고의 천사들이 모두 들러리가 되기로 했습니다. 그리고 베테랑 원로 천사께서 일일 아빠가 되어 주신답니다. 그래서 여학생들은 쇄골이 노출되는 섹시하고 우아한 드레스를 입기로 했고요. 남학생들은 펭귄처럼 날렵한 연미복으로 등장합니다. 물론 식후엔 신혼부부를 위한 댄스파티도 있어요. 아마 밤이 새도록 공연은 물론 떠들석 난리도 아닐 것 같아요.

그런데 애석하게도 몇 일전,

천국의 내무성 대변인께서 결혼식을 잠시 연기해야한다는 연락올 해 왔습니다. 지상에서의 그 많은 논란과 의문이

해결되어야 식을 거행할 수 있다는 통보를 받았어요. 지상이 평화로워야 하늘에서도 진정한 축복의 날이 될 것이라 간곡히 설득하네요

　아… 하루 빨리 웨딩케익을 자를 수 있었으면 좋겠습니다.

　　P,S - 그리고 이건 비밀인데요. ㅎㅎ 우리는 요새 복잡한 상황입니다. 왜냐구요? 서로 자신이 부케를 받아야 한다고 난리여요. 심지어 몇 번째 줄에 설테니 그리로 꽃을 던져 달라 신부에게 압력까지 넣는 애들도 있어요. 아무래도 빨리 시집가고 싶어 안달인 것 같아요 ㅎㅎ

최 윤 정

약속

그대여
꽃 같은 내 여자여
해가 뜨면 노란 리본 물결치는 그곳에 서자
우리만의 세상이 아닌 더 위대한 꿈 위를 걷자
촛불이 크게 흔들려도 놀라지 말며
쓸어내린 가슴에선 분노를 내리자
한 시대 꼭 한번 아름답게 살아 보자

아이는 한 열둘쯤 낳아
비극 모르는 세상에서 키워보자
화창한 그 봄 날 지난 아픔일랑
꿈처럼 보내고 알 콩 달 콩 재밌게 살며
별과 달이 사라져도 변하지 말자

반짝이는 희망으로 새 세상에 태어 나
천년만년 행복하게 살자
입맞춤으로 약속하자
그대여, 꽃 같은 내 여자여

주: 동아일보 2014년 5월 19일 기사
세월호 승무원 정현선씨와 김기웅씨의 이야기

최 윤 정

내 젊었을 때의 꿈, 하늘 학교로

저를 용서하세요.

깨우침이 늦어서인지 이제야 결심을 하게 됐습니다.

결코 구원의 완성을 이루는 행동은 아니겠지만 담백한 마음입니다.

아이들을 업어 나르지도 못한 나는 응당 십자가라도 져야 합니다.

영혼이나마 그들의 보호자가 돼야 합니다.

순조로운 항해를 믿었지만… 원망만 하기에는 이제 너무 늦었지요.

내 편이 아닌 물길을 누가 돌려놓을 수 있을까요?

그러니 세상에 대해 의연하게 돌아 설 때입니다.

희생의 거룩함 때문이 절대 아닙니다.

내겐 내 청춘을 바쳐도 좋을 만큼의 꿈이 있었습니다.

열정을 불사르고 싶은 직업이 있었지요. 첫사랑 때의 연인처럼 어여쁜 제자들에게 헌신을 다짐했었지요.

그런데 진짜 한편의 꿈이 되고야 말았네요.

뛰는 심장의 아이들을 실은 배는 깊은 곳으로 가 닻을 내리고 말았으니요.

이제 일락(一樂)의 순간을 내려놓고 그곳으로 갑니다.

다시 선생님이 되어 새 삶의 섭리를 가르치려 합니다.

달고 향기로운 이슬과 같은 사랑으로 아이들을 보듬겠습니다.

이 운명의 길을 선택하기 위해 정적의 밤, 깊도록 고뇌하며 기도했습니다.

가슴 깊은 곳에서 눈물이 흘렀지요. 빈 골짜기에 버려진 듯 아득하기도 했어요.

그러나 생명이라는 말, 그 자체도 이해하지 못한 우리의 아이들도 이미 간 길입니다.

아이들은 뒤도 돌아 볼 겨를도 없었으니 어서 내가 가야 합니다.

가서 반역자처럼 인간을 배반한 운명을, 그 비참한 현실을 해명해야 합니다.

나의 사명은 오직 천상의 아이들을 가르치는 일이 될 것입니다.

선택한 방법이 옳지 않았다 해도, 어찌 그리 대처했느냐 꾸지람을 하셔도

어쩔 수 없는 나의 길입니다.

논쟁의 빌미를 만들었으니 어떤 변명도 하지 않을 께요.

종교적으로나 인도적으로 반하는 결정을 했으니 무슨 변명의 여지가 있겠습니까.

아! 저 앞에 아이들이 길안내를 위해 나와 있군요.

익숙하지 않은 곳이니 먼저 온 아이들이 걱정이 되었나 봅니다.

벌써 은빛 날개를 가진 천사들이 되었군요.
　기특하게 무중력의 들판까지 나와 선생님을 기다리고 있었습니다.
　어느 듯, 영력(靈力)을 가진 존재들이 되었어요.

　부끄러운 선생님은 평안을 위해 고통을 원치 않았다고 변명을 했습니다.
　그런 후, 우리는 서로 사랑이 넘치는 포옹으로 천상에서의 첫 날을 맞이했지요.

　주: 세월호 침몰 엿새째인 21일, 강민규 단원고 교감 선생님의 별세 소식을 뉴스로 듣다.

최 윤 정

천상의 새해

오랫동안 삭히고 삭힌 슬픔이 새해 아침 바람의 빛으로 와서 고마웠어요. 거친 겨울 파도 밀어 제치고 동쪽 하늘이 볼그스름하게 깨어나더군요,

구름이 흔들리는 수평선 너머에서 밝고 따사로운 태양으로 세상에 솟아오르는 광경을 바라보며 감격했지요.

많은 사람들이 지켜보며 환호의 기쁨을 주는 아침이었습니다.

못내 이별의 이유는 아쉽지만, 살고지고 죽고지고가 무엇이랍니까? 필연적으로 세상을 비추는 태양이 되어야 한다면, 세상을 끌어안는 열정의 빛이길 바랍니다. 아침마다 바라보고 미소 지어주겠노라고… 약속할게요,

물속에서 오르고 숨어드는 태양을 볼 때마다 빛에 새겨진 예쁜 얼굴을 생각하고 기억 하겠습니다.

슬픔이 잔인했던 아침, 심술궂었던 지난날들을 생각하며 잠시 말을 잃고 서서 우리는 보았답니다. 그 날의 아침이 태양으로 떠오르는 에너지가 미래의 밝은 표상을 염원하고 있습니다.

우리의 산천에 새기겠습니다. 한때 불렀던 이별의 노래가 날마다 한 톤 씩 낮아지는 잔잔한 여울소리처럼 늘 그리운 이름으로 존중하겠습니다.

어디서 시작되고, 어디가 끝일지 모르는 님들의 눈에 비치는 그리움을 보았습니다.

사랑합니다. 금수강산을 끌어안고 뜨겁게 비벼대며 살아

갈 수 있도록 사랑하는 가족들에게 응원해 주세요.

거친 노도의 길에 철새도 찬 서리 등에 업고 울어대며 억 겹을 털어낼 꿈을 꾸고 있습니다. 그런 꿈을 이룰 수 있도록 빛이 되어 동서남북으로 길게 뻗어 주세요.

님들의 고마움으로 숨 쉬는 날을 꿈 같이 살아가리라 약속할게요. 세상에 찬란한 빛이 되어주어서 고맙고, 안심입니다. 감동으로 시작하는 새해는 고단한 허물을 한 겹씩 벗고, 미안한 마음으로 일상을 당신들이 주고 간 교훈으로 살겠습니다.

심 명 숙

바다에 내리는 비는…

잔잔히 내리는 빗방울 하얀 포말로 음악처럼 흐르는
바다에 검은 구름이 스멀거리며
모래톱에 바른 자세로 달관하는 물새를 위협하는
파도에 배 한척이 떠 있었다.

고요한 아침을 출항했을 배는 흘러 흘러서
수평선을 넘어 멀리만 가고 있었다
신대륙을 찾아 조심스러운 길에 바람은
거칠게 울어댔다
깃발 꼽기 위해 부대끼며 넘어야하는 험한 고지는
비가 억세게 내리고 있었다.

힘든 고난을 멈추고 고개 들어 하늘에
나침판을 봐줘,
지구를 가로질러 돌아오는 길을 가리킬 거야
뱃고동 졸음을 털며 찾았지만,
검은 황무지 뿐인 끝없는 미로에 겁에 질려
깊이 맺힌 눈빛을 따뜻하게 마주할 수 없었던
3등 선실의 슬픈 이야기는 시가 되어 돌아왔다.

"우리는 잔잔한 바다를 영원히 함께 항해하리…"

바다에 내리는 비는 크고 더 넓게 승화를 꿈꾸던
항해사들의 땀인가 봐,

짜디짠 바닷물은 그 영혼들이 흘린 눈물일거야!
바다에 서면 눈물이 난다
만약 비가 내리는 날에는 파란 우산 들고
기다릴게.

심 명 숙

■ 무수한 기원의 별, 그 아래로 구구절절한 사연들이 빨래처럼 걸려 있는 팽목항

별이 되어

바람 따라 간 이름
부르고 부르다
설움이 복받치는 꿈에서 깨어나면
가슴 쓸어주는
따뜻한 미소보고 싶어
그리운 뜰을 찾아
아침안개로 잔잔히 왔습니다

잠이 추억으로 뒤척이는 밤마다
눈물로 헛손질 지칠때면
속삭이는 목소리 애절하여
눈 감아도 파릇이 빛나는
세상의 별이 되어
웃음꽃이 화사하던
4월의 꽃으로 왔습니다

심 명 숙

오늘 −後, 365일−

저기
고통과 눈물을 뿌린 그 길을 따라 엄마가 오시네요
황망한 세월의 기억과 미망의 길을 걸어
새벽녘 뒤도 돌아보지 않은 채,
구슬픈 기억을 바퀴삼아 운명의 바다로 오고 있어요

꼭. 365일. 오늘
슬픈 제(祭)의 향기로 은전의 하늘이 열리고
봄기운 가득한 대지 위로 꽃잎들이 내려와요
그리워 뒤돌아 보고 또 보던 곳.
어린 혼(魂)이 구슬프게 울어요
이생의 슬픈 업(業), 오직 곡(哭)소리만이
천애의 저승에 닿아 정처없는 노래가 되었으니
오늘은 젖 달라 밥 달라 애타게 조를래요

마른 애간장 속, 그날처럼 다시 핏물이 고이네요
아늑한 평화의 집이라지만 엄마 계신 이생만 하겠어요
버려야 하는 과거의 기억 가슴에 묻고 다시 하늘로 가야
하니
촛불 끝, 흐르는 연기 위에 오늘만은 편히 쉬어 갈래요

최윤정

편집을 마치며…

 ─ 믿지 못할 현실을 마주했을 때, 슬픔을 안고 이곳저곳 뛰어 다녔다. 힘은 들었지만 많은 교훈을 얻은 시간이었다. 어린 넋들과 마주하는 일은 고통이기도 했지만 시간과 공간을 초월한 운명의 만남이라 생각한다. 그 아픈 추억을 회상하며, 우리 세 사람은 따뜻한 찻잔 앞에 둘러앉았다.

▶ 최석로(발행인) : 엄청난 재난 앞에 온 국민이 일손까지 멈추고 망연자실했습니다. 경제마저 주춤 거릴 정도의 큰 충격이었죠. 그런 상황을 하루하루 지켜보며 억울한 희생자들과 유가족, 또 통한의 국민들에게 위로와 함께 치유의 방법은 없을까 고심하다가 직업적으로 떠오르는 것이, 사건 전반을 서사(敍事) 형식의 장시(長詩)로 표현해 후세에 타산지석으로 삼으면 어떨까 하는 마음이 생긴겁니다. 그래서 두 분, 시인(詩人)에게 제안을 했던거죠.

▶ 최윤정(시인) : 사회적으로 공론화된 사건을 글로 쓴다는 일은 매우 조심스럽고 부담이 되는 일이었습니다. 그러나 사장님의 순수한 동기를 이해한 후, 글 쓰는 사람으로서의 의무감이 앞서게 됐습니다. 그런데 본격적으로 글이 시작되자 내 의지와는 상관없이 형식이 달라졌습니다. 탈고 후, 깊이 생각해 보니 아이들이 생각의 언저리로 찾아 와 주었고 동참해 준 결과가 아닐까라는 상상을 해 봅니다.

▶ 심명숙(시인) : 기회를 주신 사장님, 감사를 드립니다. 그냥 지나 칠 수 없는 희생자들의 슬픔을 조금 이라도 위로 할 수 있는 방법이 있다는 것이, 제 자신에게는 뜨거운 감동과 함께 많은 위안의 시간이었습니다. 가끔 세상에서 불리던 아이들의 이름을 불러 봐요. 아이들은 밝게 웃어주며 글을 독려했으리라 믿습니다.

▶ 최석로: 제안을 기꺼이 받아주신 두 분은 1년 동안 현장인 팽목항과 안산, 단원고를 발로 뛰며 취재와 집필을 동시에 하느라 수고가 많았지요, 또한 유족 몇 분과도 만나 슬픔을 함께 한 것으로 알고 있는데요.

■ 왼쪽으로부터 심명숙, 최석로, 최윤정

이제 현장에서 있었던 일들을 이 자리를 빌려 풀어 놓으시죠.

▶ 최윤정 : 멀고 먼 여정의 팽목, 고요해진 안산 거리, 망초꽃 가득한 화랑공원에서 법열에 빠진 듯, 앉아 있곤 했습니다. 광화문에서는 비극을 이해하는 일이 참 어렵다는 것을 깨달아야 했죠. 그리고 장엄한 합동분향소에 들자, 확고한 글의 중심이 세워집니다. 아이들은 세상에서의 존재를 확실하게 나타내며 꿋꿋이 견디고 있었죠. 미안함이 커진 순간이기도 했습니다. 그러면서 결심도 확고해졌죠. 사랑이 전제된 아이들과의 필연은 그 때부터 시작됐습니다.

▶ 심명숙 : 네, 새삼 분향소에서 보았던 밝고 예쁜 아들 딸들이 눈에 선합니다. 피처럼 아픈 날의 고통이 보이지 않는 그 얼굴, 눈물로 쓴 편지, 좋아하던 물건들, 만져만 볼 뿐, 그 슬픈 장소에서 아무것도 할 수 없었죠. 이제 그 예쁜 넋들에게 글이라도 바치게 되어 다행입니다. 그것이 세상의 미안함을 상쇄시킬 수는 없겠지만 좋은 곳에서 편안하길 바랄 뿐입니다.

▶ 최석로 : 최선을 다하는 두 분의 행보에 나 역시 더욱 구체적으로 이번 일에 접근할 수 있었어요. 글의 행간마다 따뜻한 진심이 담겼으니 더 이상 바랄게 없습니다. 부디 이 책이 세상에 나가 억울하게 유명을 달리한 희생자들과 또 유족들에게 작은 위로가 되기를 소원할 뿐입니다. 두 분의 노고에 감사드립니다.

■ 최윤정
시인. 1949년 서울 출생
순수문예지 <문학과 의식> 신인공모로 등단
여행작가로도 활동, 각종 매체에 여행 기고문 발표 중
한국문인협회 회원
<새 흐름동인>, <세계 여행작가협회> 부회장

■ 심명숙
시인. 1959년 태안 출생
2008년 뿌리문학 시 등단
한국문인협회, 한국문학방송 회원
중국 염성시, 염성사범대학교 한국어 강사 엮임
시집: <섬> <풍경이 있는 길>
여행을 즐기는 시인, 여행작가로
현재 여행작가(격월간) 취재기자로 활동 중

최윤정·심명숙 기획시집

세상 밖으로의 슬픈 여행

2015년 4월 10일 초판 인쇄
2015년 4월 16일 초판 발행

지은이 최 윤 정, 심 명 숙
펴낸이 최 석 로
펴낸곳 서 문 당

주　소 경기도 고양시 일산서구 법곳동 1155-3
전　화 031-923-8258
팩　스 031-923-8259
홈페이지 Http://seomoondang.com
창립일자 1968년 12월 24일
출판등록 제 406-313-2001-000005호

ISBN 978-89-7243-666-9